W0361960

WREADERS

Über den Autor

Sebastian Garthoff lebte mehrere Jahre als Reporter in Budapest. Später tauchte er in den Lokaljournalismus ab, bevor er das Provinzleben wieder gegen die Großstadt eintauschte. Derzeit arbeitet er als Redakteur bei einem Berliner Medien-Startup.

sebastiangarthoff.de

Foto © Max Helbig

Für Nadine

Mit besten Dank

und vielen Grüßen

Sebastian Fachell

Berlin, Mai 2022

WREADERS

WREADERS TASCHENBUCH
Band 151

Dieser Titel ist auch als E-Book erschienen

Vollständige Taschenbuchausgabe
Deutsche Erstausgabe

Copyright © 2022 by Wreaders Verlag, Sassenberg
Verlagsleitung: Lena Weinert
Druck: BoD – Books on Demand, Norderstedt
Umschlaggestaltung: Emily Bähr
Lektorat: Johannes Wüstefeldt, Annina Anderhalden
Satz: Ryvie Fux

www.wreaders.de

ISBN: 978-3-96733-305-3

Monia gewidmet – für immer und ewig

Meine Wut will nicht sterben
Puhdys

Sometimes I don't know where this dirty road is taking me
Sometimes I can't even see the reason why
Townes Van Zandt

I'm not going 'cause I can't leave
Kaz Hawkins

WREADERS

rischen Schlag getroffen, zucken die Finger
en, noch einmal knackt es.
ck schlägt die Frau die Augen auf.

Wie von einem elek
noch einmal zusamm
Und mit einem Ru

Die Krä
Sprün
Sonne
schen den Wipfel
te des Vogels mahr
liegt auf dem Wald
Gesicht kalt und au

Der Vogel blickt
allein sein, ungestö
Schnabel in das Fleisc
schleier, der sich hinte

Jeder Schnabelhieb v
decke im Kopf der Frau
mit den grellsten Licht
chen Schemen auf. Arm
die in Schatten getaucht
nen verfängt, ein Sturz, St

Die Krähe hackt weiter
Frau herum. Plötzlich das
ziergänger unachtsam auf
Finger der Frau schließen sic
Leben aus ihm heraus.

Seine Gedärme laufen als
durch. Sonnenstrahlen dring
Wipfeln ist es still geworden.

1
Lorenz

Manchmal fühlt Lorenz Hardmann in sich noch immer das jugendliche Gefühl von Unsterblichkeit. Vor allem, wenn es andere trifft. Er rauscht über die Bundesstraße, die sich kilometerweit durch ein Niemandsland zieht, in dem sich nichts bewegt außer die Windkraftanlagen auf den unendlichen, arschlochbraunen Feldern. Manchmal ist es einfach Pech: zu sterben. Den Verstand zu verlieren. Oder in dieser Einöde zu stranden.

Der Jahrhundertsommer liegt in seinen letzten Zügen. *Wake me up when September ends*, dröhnt es aus den Lautsprechern seines Skoda Baujahr 1999. Lorenz brüllt den Refrain mit und tritt das Gaspedal durch. Die Kreuze am Streckenrand fliegen an ihm vorbei.

Dorf. Feld. Dorf. Feld. Und dazwischen vielleicht noch eine Schweinemastanlage. So hatte er sich das nicht vorgestellt. Frankfurt, München, Berlin, daran hatte Lorenz Hardmann gedacht, geglaubt, auch etwas darauf spekuliert. Jedoch in Frankfurt, München oder Berlin blieb er eine Akte auf dem Bewerbungsstapel. Nächste Station: Papierkorb.

»Die Familie ist noch nicht informiert. Wenn davon etwas rauskommt, ist was los«, hatte ihn der Polizeisprecher am Telefon angebrüllt. Lorenz hatte eine knappe Online-Meldung abgesetzt und war losgefahren. Es war nicht seine Schuld, dass sich ein Streifenpolizist verplappert hatte. Das Leben auf dem Land mag so langsam vor sich gehen wie Schneckenschleim, aber wenn mal etwas passiert, breitet sich die Meldung wie ein Lauffeuer aus.

Lorenz bremst auf 50 km/h runter, als er das Ortseingangsschild passiert. Er muss nicht lange suchen. Das Dorf besteht nur aus einer Hauptstraße, von der ein Netz von schmutzigen Gassen wie Krampfadern abzweigt. Polizeiwagen stehen kreuz und quer vor einem grauen Familienhaus, von dem der Putz auf den ausgetrockneten Boden bröckelt.

Lorenz lässt seinen Wagen am Straßenrand stehen, schiebt sein Presseschild auf das Armaturenbrett und macht sich auf eine kühle Begrüßung gefasst.

Als Polizeisprecher Kurt Safranski ihn sieht, geht in seinem Gesicht eine Veränderung vor sich. Hatte Lorenz zunächst den Eindruck, der Beamte schaue mitgenommen aus, regelrecht erschüttert, schlägt ihm nun unverhohlene Verachtung entgegen. Der Mund unter dem akkurat gestutzten Schnauzbart verengt sich zusammen mit seinen Augen zu einem schmalen Schlitz.

»Sie legen es ganz schön drauf an!«, zischt ihm Safranski entgegen. In der Zeit, seit Lorenz bei der Lokalzeitung arbeitet, hat er es geschafft, sich bereits mit einem halben Dutzend Personen anzulegen.

Mit Safranski kam er bislang gut klar. Das will er in diesem Moment nicht unnötigerweise aufs Spiel setzen. Die Erwiderung liegt ihm zwar auf der Zunge, aber er weiß auch, wann es besser ist, etwas herunterzuschlucken.

»Ist denn schon klar, was passiert ist?«, fragt er stattdessen in neutralem Tonfall.

Safranski lässt seinen Blick eine Weile auf Lorenz ruhen, um ihn spüren zu lassen, wie wenig er von ihm hält.

»Wir gehen von einer Kohlenmonoxid-Vergiftung aus«, spuckt er ihm schließlich entgegen und wendet sich wieder dem Haus zu.

»Wie viele?«, will Lorenz wissen.

»Vier. Vater, drei Jungs. Zehn, vierzehn und sechzehn Jahre alt.

Das Haus gehört der Gemeinde. Kein Hinweis auf ein Gewaltverbrechen. Als hätten sie sich hingelegt und wären nicht wieder aufgewacht.«

»Und die Mutter?«

»Lebt von der Familie getrennt. Wir haben sie mittlerweile informiert. Sie wird jetzt seelsorgerisch betreut. War's das jetzt?«

»Ja, danke für die Informationen.«

Safranski verzichtet auf eine Erwiderung und lässt Lorenz stehen. Der trottet zurück zu seinem Wagen. Termin, Zigarette. So sind seine Regeln. Lorenz zieht den Rauch ein und behält vom Wagen aus die Szene im Blick. Sucht nach den visuellen Eindrücken, die seinem Artikel später das Lebendige verleihen sollten, auch wenn er von nichts anderem handeln wird als dem Tod.

Lorenz mustert die Polizisten, die mit den Passanten reden. Er fixiert die Dorfbewohner, die herangekommen sind, um zu schauen, zu fragen, zu kommentieren. Der Rauch verteilt sich im Wagen. Im Kopf formuliert er seinen Artikel vor.

Dann setzt er zum Ausparken an. Sein Blick bleibt für einen Moment am Rückspiegel hängen. Wenn nicht dieser mächtige Zinken wäre, könnte man ihn fast als attraktiv bezeichnen. Wie in seiner Jugendzeit trägt er die Haare wieder länger. Die widerspenstige Haarsträhne, die ihm immer wieder ins Gesicht baumelt, gibt seinem Aussehen fast etwas Verwegenes.

Er weiß selbst nicht, in welcher Art von Midlifecrisis er sich gerade befindet, doch je näher sein dreißigster Geburtstag rückt, desto häufiger schwirren seine Gedanken in die Vergangenheit, in die Zeit der Band, der Welteroberungspläne, der Unsterblichkeit.

Irgendwann aber ist irgendetwas gehörig schiefgelaufen.

Statt den Hauptstädten dieses Landes seinen Stempel aufzudrücken, gurkt er nun über die Dörfer, hört in den Hinterzimmern heruntergekommener Gaststätten Gemeinderäten zu, wie sie ihren Hass aufeinander zelebrieren, fährt zu Jubiläen in Altenheime und zu Vereinen, für die ein Artikel in der Zeitung gleichbedeutend ist mit Ruhm und Ehre, die alle Zeiten überdauern.

Lorenz dreht das Zündschloss, startet den Wagen und kriecht dem Ortsausgang entgegen. Zurück auf der Bundesstraße zieht er das Tempo an. Die Strecke zieht sich wellenförmig durch die Ebene. Lorenz drückt das Gaspedal durch.

Es gibt immer wieder Leute, die es darauf anlegen – und verlieren. Und die alsbald ebenso schnell in Vergessenheit geraten, wie sie einst auf diese Welt gekommen waren. Geboren in diesem immergleichen Landstrich, der alles über sich ergehen lässt, dem jedes Leben und jedes Schicksal gleichgültig und dem es herzlich egal ist, wer auf ihm lebt oder stirbt.

2
Lorenz

Kaum eine halbe Stunde später parkt Lorenz sein Auto nahe des Einkaufsmarktes im Zentrum der Kleinstadt. Der nächste Termin wartet schon. So sind seine Tage. Sie lassen ihm immerhin nicht zu viel Zeit, um darüber nachzudenken, was in seiner Karriere schiefgelaufen ist. Wenn man das, womit er Tag für Tag die Zeitungsseiten füllt, überhaupt Karriere nennen kann.

Eher Wald-und-Wiesen-Berichterstattung.

Vom Parkplatz aus schleicht er über den Boulevard in Richtung Marktplatz. Um diesen Ortskern herum spreizen die Straßen ab, verdichten sich zu einem Netz aus Gassen, die schließlich in freies Feld münden.

Im Internet verkauft sich der Ort als malerisch, für Lorenz ist es ein Gemälde der puren Langeweile und Tristesse. Eine Komposition aus Grautönen.

Die mit Betonplatten gepflasterte Fußgängerstraße modert seit Jahren unverändert vor sich hin. Sie ist wie ein Geschwür in dieser Stadt, die in den vergangenen zwei Jahrzehnten viele Schönheitskorrekturen über sich hat ergehen lassen.

Sie hat ihre Stirn glätten und die Lippen aufspritzen, ebenso die Ohren anlegen und die Nase richten lassen Doch so notwendig jeder einzelne Eingriff war, so misslungen ist das Gesamtbild. Auf dem Weg zum Marktplatz wird er wieder einmal an die Hässlichkeit dieses totoperierten Gesichts erinnert.

Am Marktplatz sind die Leute schon in Stimmung. Schlagermusik dröhnt aus den Boxen, es wird geschunkelt. Lorenz holt Kamera und Notizbuch aus der Tasche und schiebt sich nach vorn zur Bühne. Für das Zeitungsfoto braucht er freie Sicht auf den Hauptredner. Der lässt nicht lange auf sich warten.

Der Bürgermeister tritt aus der Tür des Rathauses – nein, er *stolziert* – und schreitet die wenigen Meter zur Bühne. Viktor Ballas ist körperlich und politisch ein Schwergewicht. Er führt nicht nur die Stadt, er *ist* die Stadt – und das seit nunmehr 24 Jahren.

Als er zum ersten Mal gewählt wurde, wog er siebzig Kilo weniger und war ein strammer Linksliberaler. Mittlerweile ist politisch rechts von ihm nicht mehr viel Platz. Mit jedem weiteren Amtsjahr wandelt er sich zur Spinne, die ihr Netz über die Stadt flicht. Er findet immer einen Weg, öffentliche Ausschreibungen in die richtigen Hände zu leiten. Jeder weiß das. Jeder weiß auch: Wer gut mit ihm steht, zu dem ist auch das Leben gut.

Für seine Körpermaße erstaunlich flink erklimmt er die Bühne und geht zum Rednerpult. Applaus brandet auf. Einige skandieren: »Viktor! Viktor!« Mit einer Geste seiner mächtigen Pranken bedeutet er ihnen zu schweigen. Dann legt er los, startet im ersten Gang und zieht bald das Tempo an. Mit jedem Satz läuft sein Motor heißer und heißer.

Er spricht von der Entwicklung der Stadt während seiner Amtszeit, von den Unternehmen, die sich angesiedelt haben, von den geschaffenen Arbeitsplätzen und den Steuern, die wiederum in die Stadt und deren Verschönerung fließen.

Dann holt er den Honigtopf raus und schmiert die Mäuler der Masse, spricht von der wichtigen Arbeit der Vereine, von den ehrenamtlichen Stützen der Gesellschaft, von Frauen, Kindern und Senioren, von der Hilfe für den kleinen Mann, beschwört den Zusammenhalt der Gemeinschaft, und da er nun gerade Fahrt aufgenommen hat und weiß, wer da vor ihm steht und was sie hören wollen, biegt er scharf rechts ab, fordert Integration, Anpassung,

Gesetzestreue, sonst, ja sonst ...

Es ist Spätsommer. Wahlkampfzeit. Ballas reitet die Menge zu. Die Menge johlt und klatscht und applaudiert und jubelt ihrem Viktor zu. Lorenz klatscht nicht. Kann er auch nicht mit seinem Schreibblock in der Hand und der Kamera, die ihm von der Schulter baumelt. Lorenz schwitzt nur. Als Ballas ihn in der Menge erblickt, steigt die Temperatur im Kessel weiter.

»Und auch wenn die Presse" - er spuckt das Wort regelrecht aus - »das anders sieht, liebe Freundinnen und Freunde, wir arbeiten ehrlich und für die Menschen, für unsere Gemeinde, für unsere Region, für unsere *Heimat.*«

Applaus. *Viktor, Viktor*-Rufe. Lorenz hat die Blicke schon vorher gespürt, hat gesehen, wie sie ihn abschätzig musterten, als er begonnen hat, Notizen zu Ballas' Rede zu machen. Er hat sie ignoriert, als sie ihm zu raunten. Er schreibe sowieso, was er wolle.

Und nun kommt der erste Stoß gegen die Schulter. Der Notizblock rutscht ihm aus den Händen. Ein Fuß aus der Menge, der danach tritt, als er sich danach bücken will, ein Rempler, der Lorenz aus dem Gleichgewicht bringt und ihn zu Boden befördert.

Als er sich aufrappeln will, trifft ihn etwas Hartes am Kopf. Er sackt zusammen, schlägt mit dem Hinterkopf hart auf dem Boden auf. In seinem Mund schmeckt er Blut. Wie durch einen Schleier hört er den Applaus, die Rufe. Viktor, Viktor. Die Musik dröhnt. Lorenz spürt den Beat der Boxen auf dem Asphalt.

Über sich nimmt er verschwommene Gesichter wahr, verschwitzte Fratzen, die ihn hämisch anstarren. Pass nur auf, du bist keiner von uns!, glaubt er, sie zischen zu hören. Bevor ihm vollends die Lichter ausgehen, sieht er nur noch eine Schuhspitze, die direkt auf sein Gesicht zurast.

3
Bruckmann

Die Sonne knallt auf seine Glatze. Er blickt um sich. Nur zur Sicherheit. Er ist sich sicher, dass niemand auf ihn achten wird. Niemand tut das. Mehr verlangt er nicht von den Menschen. Außer, dass sie sich an die Regeln halten. Wer das nicht tut, hat nichts anderes als eine Bestrafung verdient. Dafür gibt es ihn.

Das Wummern der Bässe vom Marktplatz ist nur noch ein Flüstern in den Gassen, durch die Valentin Bruckmann schleicht.

Die Hitze hat hier und da die Pflastersteine aus dem Boden gedrückt. Bruckmann stampft sie mit dem Absatz seiner Schuhe in die Erde zurück. Wenn einer beim Ordnungsamt seine Aufgabe ernstnimmt, dann ja wohl er. Er weiß es. Die anderen wissen es.

Und sie hassen ihn dafür.

Als er wenige Meter vor sich das Mädchen auf dem Bürgersteig sieht, kann er sich das Grinsen nicht verkneifen. Süß ist sie, sieben Jahre vielleicht. In dem Alter sollten Kinder schon wissen, was sie tun – und mit wem sie sprechen. Die Kleine blickt erst auf, als sich Bruckmanns Schatten über sie legt.

»Hey, ich sehe nichts mehr«, empört sie sich.

Bruckmann bleckt die Zähne. So mag er es. Empörung. Abwehr. Das gibt ihm eine gute Ausgangsposition, von der er weiter vorstoßen kann.

»Was machst du denn da?«, fragt er und freut sich insgeheim, wie freundlich seine Stimme klingen kann. Das Mädchen spürt, dass etwas nicht stimmt. Verschämt wendet sie sich ab.

»Du malst«, nimmt ihr Bruckmann die Antwort ab. Die Kleine erwidert nichts. Bruckmann geht in die Hocke.

»Schau mal, ich habe etwas für dich«, sagt er und zieht einen Zettel aus der Tasche.

»Ich darf nichts von Fremden nehmen.«

»Haben das deine Eltern gesagt?« Das Mädchen nickt.

»Nun, genaugenommen ist es auch nicht für dich, du kleines Balg.«

Von einer Sekunde auf die andere hat er den Ton gewechselt. Erschrocken blickt ihn das Kind an. Seine Lippen zittern. Bruckmann könnte sich vor Vergnügen auf die Schenkel schlagen.

»Dir ist schon klar, dass das Bemalen von Gehwegen mit Kreide nicht erlaubt ist«, zischt er sie an. Sie schüttelt den Kopf und beginnt zu schluchzen. Bruckmann sieht, wir ihr die ersten Tränen die Wangen herunterkullern. Köstlich.

»Den Zettel gibst du deinen Eltern«, herrscht er sie noch einmal an. »Die werden für die Schweinerei bezahlen, die du hier veranstaltet hast.«

Der Körper des Mädchens schüttelt sich unter ihren Schluchzern.

»Hast du das verstanden?«

Sie bringt keinen Ton mehr raus.

»Ob du das verstanden hast, will ich wissen.«

Rotze läuft ihr aus der Nase. Sie zittert, als würde sie nackt in einem Schneesturm sitzen. Immerhin bringt sie ein Nicken zustande.

»Gut«, wechselt Bruckmann wieder in den sanften Modus und wuchtet sich aus der Hocke nach oben. »Ich komme in einer Stunde wieder und dann ist die Schweinerei verschwunden.«

Er wartet nicht einmal eine Antwort ab. Noch in seinem Rücken hört er das Schluchzen des Kindes. Wenn er einen schlechten Tag hat, wird er an sie denken. So ist das. Man muss genügend freudige

Momente schaffen, um für die schlechten Zeiten gerüstet zu sein. Und an Tagen wie diesen kann ein Mensch wie Valentin Bruckmann sein Erinnerungskonto auffüllen. Als er in die nächste Straße einbiegt, weiß er, dass sein Tag nur noch besser werden kann.

Die Autos sind wie Wildwuchs geparkt, in jede mögliche Ecke und Nische gequetscht. Automatisch will er seinen Notizblock zücken, bevor ihm eine bessere Idee kommt. Er blickt sich um. Die Versuchung liegt vor ihm, aber er will nicht unvorsichtig sein. Langsam nähert er sich den ersten parkenden Autos.

Mit seiner rechten Hand umfasst er das Werkzeug in seiner Hosentasche. Selbst wenn er beobachtet werden würde, wäre er nur ein Spaziergänger, der versucht, sich einen Weg durch das Blechlabyrinth zu bahnen.

Niemand sieht den Korkenzieher, den er in seiner Hand versteckt hält. Heute ist ein guter Tag, flüstert er zu sich selbst. Dann setzt er die Spitze des Korkenziehers an eine Seitentür und zieht eine Kratzspur durch den Lack der Beifahrerseite. Das Kratzgeräusch bringt seinen Körper zum Prickeln. Noch bevor er weitermachen kann, hat er in seine Hose ejakuliert.

4
Lorenz

Lorenz Hardmann kann mit diesem Ort nichts anfangen. Es ist ein Zwischenort, nicht richtig Land, nicht richtig Stadt – mit einer Einwohnerschaft, die sich auf Ortsteile zerstreut, von denen manche sich zwanzig Kilometer von der Kernstadt entfernt befinden, versteckt hinter Büschen und Bergen. Vielmehr noch aber hasst er diesen Geruch im Treppenhaus seiner Lokalredaktion, diese vulgäre Mischung aus PVC und billigen Reinigungsmitteln, als hätte man versucht, alle Gerüche mit der Chemiekeule zu eliminieren.

Wenn er die Treppen nach oben steigt, quietschen die Sohlen auf dem Belag. Genauso wie sein Kopf. Zumindest fühlt der sich so an, als würden die tektonischen Platten darin gerade einen neuen Kontinent formen.

Er geht geradewegs den Flur entlang ins Empfangszimmer. Roberta Geranova, die Sekretärin, schaut kurz zu ihm hoch, reißt den Mund auf, doch Lorenz winkt nur ab.

»Halb so wild«, beruhigt er sie. Sie rollt die Augen und deutet mit dem Kopf nebenan ins Chefzimmer. Dann hackt sie wieder auf die Tastatur ein.

Lorenz' Blick bleibt noch einen Moment auf ihren von Tätowierungen übersäten, nackten Armen hängen, schweift von dort zu ihrem Dekolleté, aus dem die Umrisse zweiter Totenköpfe hervorlugen. Als er sich von ihnen löst, blickt die Sekretärin ihn lächelnd an. Dann hört er, wie er durch die offene Tür gerufen wird.

»Ich erklär's euch später«, kommt er den Nachfragen zu seinem ramponierten Äußeren zuvor.

Die Redakteure haben in einem Halbkreis am Konferenztisch Platz genommen, der die Mitte des Raumes vollkommen ausfüllt. Eine Landkarte des Kreises zieht sich beinahe über die gesamte Längsseite des Zimmers. Lorenz sieht viel Grün, viel Brachfläche, auf die einige versprengte Orte wie Tupfer gemalt sind. Dorf. Feld. Dorf. Feld.

Von den beiden Fenstern des Büros geht der Blick direkt auf den tristen Boulevard, auf dem nur an Markttagen Bewegung herrscht und der ab Mittag tot und still daliegt, wenn sich die Bewohner des Ortes wieder in ihr Privatleben verkriechen.

Was ihn aber viel mehr stört als dieser Anblick, ist die Kälte, die in diesem Raum herrscht. Sie scheint geradewegs von der Chefin auszuströmen. Sie sieht müde und ausgezehrt aus. Unter ihrem Oberteil zeichnen sich ihre Schlüsselbeine ab. Die Haare bleich, die Haut blass wie Pergament, die Kleider farblos, eine Frau ohne wirkliches Geschlecht und Alter. Als würde sie von allem etwas zu wenig bekommen: Essen. Schlaf. Sex.

Mag draußen auch Gluthitze herrschen, in diesem Zimmer fühlt sich Lorenz wie in einer kleinen Eiszeit gefangen. Auch die Redakteure wirken auf ihn wie schockgefroren. Dazu noch sein Schädel, der wieder anfängt, erbarmungslos zu pochen. Er spürt, dass er einen wesentlichen Teil der Redaktionssitzung verpasst hat. Lorenz versteht die Situation erst, als die Chefin es schließlich ausspricht.

»... und deshalb wird ab sofort Christian die Redaktion leiten«.

Die Worte klingen in Lorenz Ohren, als wären sie in Eis gekratzt.

»Bitte, was?«, entfährt es ihm.

Alle Blicke richten sich auf ihn. Besonders der von Christian Schirmer. Es ist ein Blick, in dem jede Menge giftgetränkte Pfeile stecken. Wenn es im Leben so etwas wie einen Intimfeind gibt, so hat ihn Lorenz in Schirmer gefunden. Schon in seinen ersten

Arbeitstagen hat er verstanden, dass er hier der Platzhirsch ist, dem es überhaupt nicht schmeckt, wenn jemand in seinem Territorium die Duftnoten setzt.

Seitdem hat sich Lorenz nach Kräften bemüht, ihm so oft wie möglich ans Bein zu pinkeln. Sicher genug fühlt er sich. Wenn die anderen gegen Mittag ins Büro kommen, liegen seine Texte bereits druckfertig vor. Am Ende des Monats summieren sie sich auf vierzig oder fünfzig. Es gibt Tage, an denen unter jedem Artikel auf ihren vier Lokalseiten sein Name oder Kürzel steht.

Nein, Schirmer konnte ihm gar nichts. Außer ihm die Laune verderben.

Am meisten aber hasst er Schirmers Tick, mit den Fingern schnippen zu müssen. Wenn er durch die Redaktion stolziert, wenn er von einem Termin kommt, wenn er einen seiner Monologe einleitet – immer hört Lorenz dieses Schnippen, als wolle Schirmer mit seinen Fingern den Titelsong der Addams Family intonieren. Kein Geräusch in diesem Mikrokosmos ruft derart Mordgelüste in ihm hervor. Daher weiß er, was jetzt kommt.

»Dann sollte jemand unserem Unwissenden einmal aufklären«, sagt Schirmer mit dem maximalen Maß an Hochmut, das er aufbringen kann. Und dann – schnipp, schnipp – erzählt er, was Sache ist.

5
Lorenz

Auf den Punkt gebracht war es so: Ich habe argumentiert, dass Ballas der Stadt mit seiner Vetternwirtschaft schadet, und gefordert, dass er sich aus dem Wahlkampf und von seinem Amt zurückzieht«, schneidet die Chefin Schirmers Monolog abrupt ab. »Die Herren in der Chefredaktion meinten, ich habe meinen neutralen Standpunkt verlassen und wäre nicht mehr haltbar.«

»Und man kann es ihnen ja nicht verdenken«, mischt sich Schirmer nun wieder ein.

Lorenz ist nicht überrascht. Wenn sich die Redaktion am gemeinsamen Mittagstisch versammelt und die Sprache auf Ballas kommt, ist Schirmer es, der die Erfolge des Bürgermeisters aufzählt, als wäre er sein persönlicher PR-Agent: Straßensanierungen, Ansiedlung von Industrie, Arbeitsplatzsicherung und so weiter und so fort.

Schirmer hat zu jedem Themenbereich die passenden Zahlen parat. Einzig der Redaktionsleiterin ist es zu verdanken, dass er seine Ballas-Verehrung zwar äußern, nicht aber in der Zeitung verbreiten konnte. Zumindest bis jetzt.

»Das ist sicher für uns alle keine angenehme Situation, aber ich werde dich unterstützen, wo ich kann«, meldet sich Manfred Wiesel zu Wort. Als Dank quittiert er einen Blick der Chefin vom Charakter eines Eispickels.

Wiesel, Mitte fünfzig, kennt die Zeitung so gut wie kaum ein anderer. Vor Urzeiten hatte sie ihn aufgenommen und er hat es sich in ihr gemütlich gemacht wie eine Made in einem vor sich verwesenden Kadaver. Und ist darüber ebenso fett geworden.

Seine Gliedmaßen sehen aus wie bis zum Anschlag gestopfte Würste. Seine schwarze Lockenpracht gibt am ehesten noch eine Ahnung davon, was für ein adretter Jungredakteur er einst gewesen sein mag. Nun trägt er sie in Pomade getunkt und straff nach hinten gestriegelt, wo sie sich im Nacken kräuselt und sich mit den unter seinem Hemd aufragenden Nackenhaaren vermengt. An hochsommerlichen Tagen wie diesen verströmt er den Geruch einer ranzigen Vorhaut.

Wiesel lässt keinen Zweifel daran, schon als Edelfeder auf die Welt gekommen zu sein. Wenn seine Beiträge nicht die Wertschätzung erfahren, die er ihnen selbst entgegenbringt, meldet er sich am nächsten Tag krank. Ihm ist egal, unter wem er dient, solange niemand auf die Idee kommt, an seinem Status und seinen Privilegien zu rütteln.

Es ist nicht nur seine Überheblichkeit, mit der er seine Kollegen quält. Beim Fleischer gehört er zu den Stammgästen. Wer sein Arbeitszimmer betritt, läuft gegen eine Geruchswand aus Blut- und Leberwurst. Im Schnitzelhaus des Ortes ist ein eigener Stammtisch für ihn reserviert.

»Manni«, steht dort in Holz eingraviert. Er sucht ihn auf, wann immer ihm der Sinn danach steht. Dann scheren ihn auch keine Termine. Die können dann die Laufburschen erledigen.

Verzweifelt sucht Lorenz Michelles Blick. Michelle, die seit ihrer Geburt lediglich einen Meter weitergewachsen, ist das Faktotum der Redaktion. Sie ist Sekretärin, Schreiberin und Fotografin. Vor allem aber kann sie Lorenz gut leiden.

Die Kombination aus ihrer Körpergröße und den Kulleraugen hat schon manchen zu falschen Schlussfolgerungen bewogen. Wenn jemand schutzbedürftig ist, dann in der Regel derjenige, der sich mit ihr anzulegen meint. Einmal hat sie ein Typ als Standgebläse bezeichnet. Das Grinsen war immer noch in seinem Gesicht gestanden, als ihr Fuß ausgeholt und die Stahlkappen ins Ziel getroffen hatten. Danach hatte er Mezzosopran singen können.

»Dann wären wir ja soweit durch«, beendet die Chefin die Redaktionssitzung. »Christian wird dann das weitere Vorgehen mit euch besprechen. Ach, und weiß eigentlich jemand, wo unsere Praktikantin abgeblieben ist?«

»Prüschi?«, kichert Christian Schirmer.

Lorenz hätte sich für die Praktikanten und Volontäre keinen schlechteren Mentor vorstellen können, Schirmer jedoch gefällt sich in der Rolle des Spiritus Rector. Solange sie seinen Vorstellungen entsprechen.

Priscilla Gneisenau ist das genaue Gegenteil und Schirmer hat nicht lange gezögert, sie das spüren zu lassen, hatte sie gefragt, ob sie in der Baumschule schreiben gelernt hätte, hatte sie angeblafft, wenn sie meinte, schön schreiben zu wollen, anstatt die harten Fakten aufzuzählen. Während die anderen wie geölte Maschinen über ihre Tastaturen herfallen, fehlt es ihr an der Mechanik, am Öl, an Allem.

»Bei allem Respekt, ich kann mir einige Sachen mit ihr vorstellen, aber eine Zeitung zu machen, gehört nicht dazu«, sagt er selbstgefällig wie ein Buddha. »Wir brauchen hier Leute mit Herzblut, mit Feuer, aber die ist so munter wie eine Wasserleiche – und wenn sie ausnahmsweise mal verstanden hat, was ich ihr zu verstehen gegeben habe, wird sie vorerst nicht wieder hier auftauchen.«

6
Priscilla

Immer wieder spürt sie ein Kribbeln in ihrer Nase, als müsste sie gleich niesen. Auch ihre Hände fühlen sich an, als würde ein Ameisenschwarm darauf spazieren gehen. Das muss die Aufregung sein.

Die Sonne bricht vereinzelt durch das Blattwerk der Bäume und tanzt auf ihrem schwarzgefärbten Bubikopf. In ihrem Kopf schwimmen die Gedanken um die Wette. Immer noch überlegt sie, wer es gewesen sein könnte. Das mit der Todesanzeige. Ihrer Todesanzeige.

Als sie vor einigen Tagen in der Redaktion, in der sie sich als Schülerpraktikantin versucht, die Zeitung durchblätterte, verschlug es ihr den Atem. Gelästert wird über sie in der halben Schule. Wer es auch war: Es muss eine Freude für sie gewesen sein, dem Emo-Mädchen eins einzuschenken.

Sie war, ihre eigene Todesnachricht vor Augen, verblüfft.

Verblüfft über das Gefühl, ihren Namen umrandet von Trauerbalken zu sehen. Verblüfft über das nicht einmal unterdrückte Kichern ihres Vorgesetzten. Verblüfft, dass ihr Name auf dem gedruckten Papier aussieht wie ein Tippfehler.

Das also ist ihr Stand nach siebzehn Lebensjahren – ein junger Mensch, der als Tippfehler in der Welt steht.

Nun ist es Zeit, den Fehler auszuradieren, spricht sie sich Mut zu und stößt weiter in den Wald hinein. Den Kindern verbietet man, hier zu spielen. Es soll welche gegeben haben, die nicht mehr zurückgekehrt sind. Früher. So wie alles immer irgendwann früher war, all die Geschichten, mit denen man die Kinder ängstigen kann. Nie jetzt. Früher.

Priscilla braucht die Gruselgeschichten nicht. Sie weiß Bescheid.

Ihr ist bewusst, dass sie über einen Boden schleicht, der über Jahrzehnte militärisches Sperrgebiet war, eine Area 51 im Provinz-Format, über das man sich mehr Legenden erzählt, je weniger darüber bekannt ist, was in diesen Wäldern tatsächlich vor sich ging.

Erzählungen von chemischen Experimenten sind darunter, von Soldaten, die hier den Verstand verloren haben. Von Leuten, die hierhergekommen sind, um nicht mehr gefunden zu werden. Es ist der geeignete Ort, um seine Ruhe vor der Welt zu haben.

Um mit dieser Tragikomödie namens Leben abzuschließen.

7
Safranski

Manchmal fragt sich Kurt Safranski, warum er diesen Job überhaupt macht. Schlecht für das Konto, schlecht für die Familie, schlecht für die Gesundheit. Er steht da, schlaksig wie zu seinen Jugendzeiten, einmal abgesehen von der Kugel in seiner Körpermitte, und fühlt sich wie ein Haufen Asche.

Er hat wieder kaum geschlafen. Das ist die Strafe, wenn man meint, Tag für Tag den harten Kerl markieren zu müssen. Die Bilder, die sich Jahr für Jahr in seine Pupillen eingegraben haben, wird man nicht so einfach los. Tagsüber, klar, kann man sie hinter sich lassen. Aber nachts holen sie einen doch ein.

Und dann diese Sache heute Morgen. Kohlenmonoxid. Ein hinterhältiger Tod, der eine ganze Familie hinweggerafft hat. Manchmal glaubt er, dass er selbst bald abberufen wird. Manchmal wünscht er es sich sogar. Sein Herz hatte ihm schon einmal einen Schuss vor den Bug verpasst. Er bezweifelt, dass es ihn noch einmal so glimpflich davonkommen lässt.

Chronische Herzinsuffizienz hatte der Arzt ihm bescheinigt. Das wäre ja noch gegangen. Berufskrankheit eben. An der damit einhergehenden erektilen Dysfunktion hatte er mehr knabbern müssen.

Im Grunde aber weiß er, dass es am Ende egal ist, ob sein Herz mit oder ohne Ständer den Geist aufgibt. Wie schon bei seinem Vater. Hinter dem Schreibtisch hatte es ihn erwischt. Die Kollegen, die an seinem Büro vorbeikamen, hatten es nicht einmal bemerkt, dachten, der Alte wäre nur eingenickt, so wie er dasaß mit dem

Kopf auf der Brust, den Füllfederhalter in der Hand.

Sein Vater hat es nicht einmal bis zur sechzig geschafft. Safranski fragt sich manchmal, ob er ihn zumindest in dem Punkt übertrumpfen kann. Ein paar Jahre hat er ja noch bis dahin.

Noch heute kommt Kurt Safranski jeden Tag mit der Aktentasche seines Alten ins Büro. Sie hatten ihre Kämpfe. Aber je älter er wird, desto mehr gleicht er sich ihm an. Selbst den Füllfederhalter hat er übernommen. Kugelschreibern bringt er – genauso wie sein Vater – regelrecht Verachtung entgegen.

Selbst die Intuition muss er geerbt haben. Ein Krampf direkt neben dem Herzen, so erzählte es ihm sein Vater, hätte ihm immer angezeigt, wenn es Probleme gab. Genau ein solcher Krampf zieht sich nun durch seine Brust, als er die Stimme der Sekretärin vernimmt.

»Herr Safranski? Der Bürgermeister wäre jetzt so weit.«

8
Priscilla

Sie hatte Artikel darüber gelesen. Über den Jungen, der an seinem vierzehnten Geburtstag morgens die Tortenkerzen ausbläst und dann statt in die Schule auf ein Industriegelände schleicht – um sich dort aufzuhängen. Von dem Mädchen, das morgens noch seine Sportsachen für das Training packt – und sich dann von der Autobahnbrücke wirft.

Kinder sind gut im Verschleiern. Niemand kann ihnen ansehen, wozu sie fähig sind. Zwar ist die Zahl der Suizide in Deutschland über die Jahrzehnte stark zurückgegangen, aber weiterhin nehmen sich pro Jahr im Schnitt über 200 junge Menschen im Alter zwischen sechs und neunzehn Jahren das Leben.

Mädchen sind seltener darunter. Denn Mädchen haben in der Regel einen größeren Freundeskreis, auffälliges Verhalten würde daher früher erkannt. Aber wer will ihr mit Statistiken kommen? Auch Hannes hatte einen großen Freundeskreis, aber der war so clever, sich nichts anmerken zu lassen.

Hannes, der Mathe-Crack, vom Mathelehrer persönlich zum »alten Strategen« geadelt, hatte den Schulbeginn nicht abwarten können. Ein paar Tage vor dem Ende der Winterferien hatte er sich vor einen Zug geworfen.

Zwei Jahre war das nun schon her. Noch immer erinnert sie sich, wie sie morgens zur Schule kam, wie die Grüppchen dastanden, anders als sonst schweigsam mit gesenkten Köpfen. Manche der Mädchen hatten Tränen in den Augen.

ergehen lassen. Nun strafft er sich und ringt um die passenden Worte. »Wir sollten trotz allem nüchtern bleiben. Ohne konkrete Hinweise auf den Verbleib deiner Frau können wir nicht wahllos jemanden verdächtigen. Zudem war sie, wie du gesagt hast, lediglich heute Morgen nicht in ihrem Bett. Sie ist ein freier Mensch, womöglich hat sie die Nacht woanders verbracht, bei einer Freundin vielleicht...«

Safranski lässt den Satz im Raum verhallen und Ballas scheint sofort zu kapieren, was der Polizist sagen will, sich aber nicht traut auszusprechen.

»Ich sage dir, was wir tun sollten. Jemanden Fähiges auf deinen Posten setzen!«, brüllt der Bürgermeister Safranski ins Gesicht. »Dir ist schon klar, dass ich dafür nur mit dem Finger schnippen müsste.«

Ballas fixiert ihn mit einem finsteren Blick. Safranski hält ihm stand. Er hört die Drohung nicht zum ersten Mal.

»Wir geben unser Bestes«, sagt Safranski schließlich.

Ballas wendet sich ab und schleicht zum Fenster. Für Minuten starrt er hinaus. »Mach es öffentlich, Kurt, wenn es sich nicht sowieso schon längst herumgesprochen hat!«, sagt er schließlich, ohne Safranski anzusehen. »Sammel deine Hinweise ein und dann bring mir meine Frau zurück!«

Das alles sagt Ballas nun mit ruhiger Stimme und Safranski meint zum ersten Mal, den besorgten Mann einer verschwundenen Ehefrau vor sich zu sehen. Als ihn der Bürgermeister verabschiedet – ihm sogar kumpelhaft auf die Schulter klopft mit einem »Entschuldige, Kurt, ich habe das vorhin nicht so gemeint, du weißt ja, dass ich manchmal etwas impulsiv bin, aber die Situation nimmt mich einfach sehr mit«, – da glaubt er es immer noch.

Er kann nicht in Ballas' Kopf sehen. Er hat keinen Zugang zu den Gedankengängen, die sich durch den Kopf des Bürgermeisters winden.

Nachdem Safranski gegangen ist, tritt Ballas zum Fenster und spreizt die Jalousien. Die Sonne knallt gnadenlos auf den Marktplatz und lässt die wenigen Passanten wie Spielfiguren auf einem Schachbrett erscheinen. Leblose Schatten.

Seit er im Amt ist, kann er sich nicht an einen so heißen Sommer erinnern. Das Amtshemd klebt an seinem Rücken. Die Sekretärin klopft, bringt einen Stapel Post herein.

»Die üblichen Bittsteller«, knurrt er.

Als die Vorzimmerdame wieder gegangen ist, lässt sich Ballas in seinen Drehstuhl fallen und faltet die Hände wie zum Gebet. Er muss vorsichtig vorgehen. Er darf jetzt keinen Fehler machen.

Er verschränkt seine Finger ineinander und legt die Hände gegen die Stirn. »Nur keinen Fehler machen«, wiederholt er leise zu sich selbst und vor seinem Auge taucht das Bild seiner Frau auf. Er weiß: Noch nie war sie so wichtig für ihn wie jetzt.

Und noch nie so gefährlich.

10
Die Frau

Noch immer liegt sie auf dem Rücken und blinzelt in die Baumkronen. Die Sonnenstrahlen schlagen wie Blitze in ihre Iris. Es dauert Minuten, bis sie sich an die zuckenden Lichter zwischen den Zweigen und Ästen gewöhnt hat. Sie spürt das Moos weich und feucht unter ihrem Kopf.

Sie fühlt sich benommen, bewegt vorsichtig den Kopf zu beiden Seiten. Ihr Nacken knirscht. Ungelenk kullert sie sich auf die Seite, versucht, sich hochzustemmen, doch ihre Arme fühlen sich taub und kalt an. Noch in der halben Bewegung geben sie nach.

Mit dem Gesicht voran klatscht sie ins Moos.

Schwerfällig versucht sie, sich aufzurappeln, und kommt sich dabei vor wie ein Baby, das erst lernen muss, den Kopf zu heben. Vom Krabbeln und Stehen mal ganz abgesehen. Sie platziert ihre Hände beiderseits des Körpers, versucht mit aller Kraft, sich abzudrücken, und schafft es doch nur wenige Zentimeter über den Boden.

Das immerhin hat gereicht, um es zu sehen.

Das Blut zwischen ihren Händen. Das Fell und die Knochen. Aus einem ersten Impuls heraus will sie aufschreien, doch heraus kommt nur ein erbärmliches Quieken.

Verwirrt blickt sie an sich herunter. Ihre Arme sind taub, hängen am Rumpf wie ein Fremdkörper, drangepappt wie ein Stück Knete. Erst nach Minuten setzt ein Kribbeln ein. Sie spürt, wie sie wieder Herrin über ihre Gliedmaßen wird.

Nach einem kurzen Zögern wagt sie noch einmal den Versuch,

kullert sich zur anderen Seite zurück, versucht, die Hand aufzusetzen. Diesmal gibt sie ihr Halt. Diesmal immerhin schafft sie es in die Sitzposition.

Umständlich robbt sie nun nach hinten, bis sie mit dem Rücken an einem Baumstamm lehnen kann. Nur wenige Meter entfernt fällt ihr ein Sommerhut auf dem Waldboden ins Auge. Krampfhaft versucht sie, nach Erinnerungen zu kramen. Doch da ist – nichts.

Instinktiv greift sie nach ihrem Kopf – und erschrickt. Das kann nicht sein! Vorsichtig tastet sie mit der Hand noch einmal über die Stirn bis auf die Schädeldecke, als wolle sie jeden Zentimeter gewissenhaft vermessen.

Diesmal zwingt sie sich, nicht zurückzuzucken, als sie die gesplitterten Knochen fühlt. Stattdessen fährt sie mit dem Zeigefinger tiefer in das Loch in ihrem Kopf, bis sie an ihr Gehirn stößt. Es fühlt sich warm und weich an.

»Ach, du heiliger…«, krächzt sie und kann noch immer nicht glauben, dass diese Stimme ihr gehört.

Für Minuten verharrt sie in derselben Position, den Kopf leicht nach vorne gebeugt, den Blick ausdruckslos ins Nichts gerichtet. Was war hier geschehen? Ein Absturz mit Filmriss – war es das vielleicht gewesen? War sie so betrunken, dass sie nicht mehr wusste, wohin sie ging und zu welchem Zweck? Wenn dem so war, dann war das der Absturz des Jahrhunderts. Wie lange hatte sie hier gelegen? Und wie verdammt nochmal kommt dieses Loch in ihren Kopf?

Das sie verdammt nochmal nicht im Geringsten schmerzt!

Es ist hell, die Sonne steht hoch oben am Himmel und knallt auf die Erde. Sie spürt sie nicht. Weder spürt sie Hitze noch kann sie ihren Schweiß riechen. Steht sie unter Schock? Verwirrt blickt sie um sich. Unendlich langsam mahlen die Gedanken in ihrem Kopf. Und dann fragt sie sich noch etwas anderes: Wem gehören die Schritte, die immer näherkommen?

12
Lorenz

Das Wasser im Stadtbad bringt seine Haut zum Zittern. Er atmet tief ein, steigt die erste Stufe herab und schmeißt sich mit angehaltenem Atem ins Wasser. Es presst ihm das Herz zusammen wie eine Faust.

Als er mit dem Kopf wieder an die Oberfläche stößt, die Luft in seine Lungen zurückkehrt und das Stechen auf seiner Haut nachlässt, lächeln ihn die an ihm vorbei schwimmenden Rentner gütig an. Lorenz antwortet mit einem Nicken. Damit ist das Höflichkeitsritual zwischen ihm und den anderen Badegästen abgeschlossen. Nun kann er sich auf seine Bahnen konzentrieren.

»Durch den Sport lebst du auch nicht länger«, hatte Manfred Wiesel ihm einmal abschätzig kritisiert. Wiesel, die 150-Kilo-Edelfeder. »Du stirbst nur gesünder.«

Eigentlich hatte Lorenz mit Sport auch nichts zu schaffen. Als Jugendlicher war er eine Bücherratte. Ein Kreativer. Ein Grübler. Dann kam die Band und er dachte, das würde endlich helfen, seine Jungfräulichkeit zu verlieren. Pustekuchen. Ein einziges Groupie hatten sie. Und das sparte gerade ihn aus. Damals hatte er noch eine Körpermitte wie Hefeteig. Nun arbeitet er konsequent an seiner Panzerrüstung.

Michelle schaut ihm vom Beckenrand aus zu. Christian Schirmer hatte ihnen als eine seiner ersten Amtshandlungen zwei Stunden gegeben, um eine Umfrage für die Ausgabe des kommenden Tages ranzuholen. Kein schwieriges Thema: »Wie verbringen Sie den

Sommer?« Sowas ging immer.

Michelle und er hatten kurzerhand beschlossen, die Arbeit mit dem Nützlichen zu verbinden, und waren ins Bergbad gefahren. Hoch oben über der Stadt gelegen, erlaubt es einen Blick auf Schieferdächer und Fachwerk. Von hier wirkt die Stadt wie eine Spielzeugwelt, wie eine Stadt als Fassade, ohne Leben, umgeben von Hügeln, die sich wie Zahnstümpfe aus der Landschaft erheben.

Zuvor hatte er noch Safranski angerufen, um sich nur noch einmal bestätigen zu lassen, was am Morgen schon vermutet wurde. Nichts deutete auf ein Fremdverschulden hin, alles dafür auf einen technischen Defekt, der dafür sorgte, dass morgen ein Vater nicht auf der Arbeit erscheint, dass ein Junge bei seinem Ausbildungsbeginn fehlen wird, dass seine zwei Brüder nicht in der Schule auftauchen werden.

»Wie wollen wir jetzt weitermachen?«, hört er Michelles Stimme neben sich. Gedankenverloren hat Lorenz sich am Beckenrand festgehalten und verträumt auf die Wasseroberfläche geschaut, auf der sich die Sonne bricht.

»Wie wär's, wenn du einfach ins Wasser kommst?«

Michelle lacht auf. »Es kostet mich schon genug Überwindung, hier zu stehen, als hätte ich eine Melone verschluckt und ich habe das Gefühl, das kleine Ding will mich heute besonders ärgern«, sagt sie und streichelt sich über den Bauch. »Vielleicht haben ihm die Neuigkeiten des Tages genauso wenig geschmeckt wie uns.«

»Hast du dir eigentlich überlegt, ob du wiederkommen willst?«, fragt Lorenz auf ihren Bauch deutend. Sie zuckt nur entschuldigend mit den Schultern.

»Frag mich das nochmal, wenn es so weit ist.« Damit macht sie sich auf zum Gehen. »Wenn jemand was von mir will, bin ich zu Hause und wie üblich nicht zu erreichen.«

»Dein Glück.«

Lorenz muss auflachen. Sie leben in einer Zeit der Künstlichen

Intelligenz, der 24/7-Erreichbarkeit, nur in diesem Landstrich gibt es immer noch Ortschaften, in denen Mobilfunknetze geschluckt werden wie in einem schwarzen Loch.

Lorenz blickt ihr nach. Bislang hat er den Gedanken verdrängt, wie es ohne sie sein würde. Schon oft hat er sich dabei ertappt, wie er an sie dachte. Er denkt gerne an sie. Nicht, weil er sie flachlegen möchte.

Einfach, weil er sie mag.

13
Priscilla

Manchmal blickt Priscilla Gneisenau auf diese Welt, als könne sie nicht begreifen, was sie hier soll. Früher gab es sie ja auch nicht, jetzt gibt es sie, aber wie lange und zu welchem Zweck? Unsinnige Fragen, denkt sie sich. Wie lange und wie oft hatte sie sich schon darüber den Kopf zerbrochen, ohne zu einer Antwort zu gelangen. Die entscheidende Frage lautet doch vielmehr: Wie komme ich hier raus?

Die Menschen überschätzen Selbstmörder. Sie denken, es fällt ihnen leicht. Doch so einfach macht es die Natur nicht. Dafür hat sie ihre Sicherungsmechanismen eingebaut. Die Angst. Das Nachdenken. Den Zweifel.

Priscilla Gneisenau will kein Mitleid mehr haben. Vor allem nicht mit sich selbst. Sie ist aufgebrochen, um all das ein für alle Mal hinter sich zu lassen. Wie eine Schwimmerin hatte sie sich dem Wald genähert. Erst nur mit der Zehenspitze hineingefühlt, als wolle sie die Temperatur testen. Dann hatte sie Mut gefasst, war eingetaucht, tauchte weiter, tauchte tiefer.

Bis die Stadt nur noch ein Schemen in ihrem Rücken war.

Sie weiß, was sie im Wald erwartet. Was sie normalerweise erwartet. Je weiter sie aber nun vordrängt, umso stiller wird es. Keine Vögel, die zwitschern. Keine Insekten, die zirpen. Nichts, das durch die Büsche huscht. Die Stille beklemmt sie. Der Wald wird dichter.

Sie blickt zwischen den Baumkronen hindurch in den Himmel, als könnten die Wolken ihr den Weg weisen, stolpert weiter vor-

normitäten faszinieren lassen – und immer hat es Leute gegeben, die daraus ein Geschäft zu machen wussten. Du bist vielleicht ein Krüppel, hat er sich gesagt, aber das heißt ja nicht, dass du nicht ordentlich Kohle machen kannst.

Zumindest bis sich die Leute an dir satt gesehen haben.

»Nicht viel los heute außer den üblichen Trinkern«, schnauft Joanna, Belkes Aushilfskellnerin, und schlendert lustlos durch die Küche. »Ist Maik schon wieder nicht aufgetaucht?«

»Das wird er auch nicht mehr«, blafft er sie an. Sie antwortet mit einem Blick, der schärfer ist als ein Rasiermesser und verschwindet wieder im Gastraum.

Und wenn du geglaubt hast, er hat plötzlich die großen Gefühle für dich entdeckt, hast du dich geschnitten, Mädchen.

Maik Wagenfeld, Belkes Azubi, hatte einiges auf dem Kerbholz. Aber Belke mochte ihn. Vielleicht, weil er sich an seine eigene Jugend zurückerinnert gefühlt hat. Auch er war ein Hengst mit zu viel Kraft und zu viel Hormonen und reichlich Ärger am Hals. Aber jetzt geht es ums Geld. Um sein Geld. Und das ist das Letzte, bei dem er Spaß versteht.

Erst gibst du ihm eine Chance und dann klaut er dir die Kasse mit den kompletten Tageseinnahmen. Und für die mickrige Summe bist du nun auch noch deinen Job los. Herzlichen Glückwunsch, Maik. Ganz großes Kino!

Belke trottet missmutig zur Küchentür und wirft einen Blick in den Gastraum. Er sieht, wie sich der Skat-Stammtisch formiert, die Biedermeier-Nazis, die ihr erstes Bier so gepflegt schlürfen, als wäre es eines von diesen hippen Smoothie-Pampen. Am Ende wanken sie besoffen bis unter die Schädeldecke und grölend aus dem Lokal, kurz davor, sich selbst einzunässen.

Belke löst den Blick und geht zurück in die Küche. Es wird schon, redet er sich gut zu. Wenn nur nicht dieses Kribbeln in seinem Stumpf wäre.

Belke ist ein Bauchmensch, seine Entscheidungen hat er immer nach diesem Muster gefällt und war immer gut damit gefahren. Seit er aber seine Hand verloren hat, sind seine Sensoren gewandert. Vom Bauch in den Stumpf. Das Kribbeln raubt ihm fast den Nerv.

Es sind aber nicht die Phantomschmerzen, die ihn so umtreiben. Damit kann er umgehen. Es ist die Gewissheit, dass etwas in der Luft liegt, etwas ganz und gar Ungutes.

Belke versucht, das Gefühl zu verscheuchen, schnappt sich das nächste Stück Fleisch und klatscht es mit der unversehrten linken Hand auf das Schneidebrett.

Und als wolle er damit seine Nervosität bezwingen, lässt er seine Hand mit dem Beil so kräftig niederkrachen, dass das Fleisch zu beiden Seiten über die Küchenzeile spritzt.

15
Die Frau

Das Mädchen liegt unter ihr. Die Augen blicken starr in den Himmel, zwischen den blutrot geschminkten Lippen dringt nur noch ein Röcheln hervor. Es ist kein schönes Gesicht, ein Pickelgesicht, eine Kraterlandschaft.

Für sie ist es der reinste Foodporn.

Genüsslich kostet sie die Haut des Mädchens wie ein Fünf-Sterne-Menü. Sie ist wie im Rausch. Sieht nur dieses Fleisch, lebendiges, zuckendes Fleisch. Sie verbeißt sich so sehr in ihrem Hals, dass ihr Blut bis an die Stämme der umstehenden Bäume spritzt.

Als sie das Fleisch des Mädchens auf ihren Lippen spürt, durchkaut und herunterschluckt, fühlt es sich an wie ein Orgasmus, warm und gut. Glücksgefühle wabern durch ihren Körper, ihr Gesicht ist vom Blut verschmiert wie eine Kriegsbemalung.

Erschöpft lässt sie schließlich von ihrer Beute ab und sinkt auf einen Baumstumpf. Sie knabbert auf einem Stück Fleisch aus dem Körper des Mädchens herum und versucht, ihre Gedanken in Ordnung zu bringen. Noch begreift sie nicht, was mit ihr geschehen ist. Was in sie gefahren ist.

Zumindest ihr Verstand ist noch in Betrieb und hat nicht den Geist aufgegeben. Oder könnte ich sonst über all das nachdenken? Sie kann sprechen, wenngleich ihre Stimme klingt, als wäre sie mit einem Lötkolben bearbeitet worden.

Sie kratzt sich den Kopf, in dem die Informationen über die Zeit vor ihrem Erwachen wie von einer Festplatte gelöscht sind und sie auf den Werkstatus zurückversetzt worden ist. Sie weiß nicht, ob sie die verlorenen Dateien jemals wieder reparieren kann. Sicher ist sie immerhin, dass sie nicht mit einem so augenscheinlichen Hardware-Schaden durch die Gegend laufen möchte. Sie greift nach dem Sommerhut und bedeckt damit ihren eingeschlagenen Schädel.

Da! Ein Stöhnen. Direkt neben ihr. Ein verwunderter Blick zur Seite. Da! Ein Zucken. Ein Rütteln des Körpers. Das Mädchen!

Verwundert blickt sie auf den zuckenden Torso herab. Verwundert blinzelt der zurück. Sie tritt einen Schritt näher an das Mädchen heran, beugt sich zu ihr nieder. Ein Bündel Mensch, das hilflos wie ein Neugeborenes auf der Erde kauert, mit seiner Situation hoffnungslos überfordert.

»Sieht wohl so aus, als wären wir nun zu zweit«, knarzt sie und tätschelt den Kopf des Mädchens. Dann hilft sie ihr auf die Beine. Mehrmals knickt das Mädchen weg. Dann, als sie endlich fest auf den Beinen steht, gehen sie los. Sie voran, das Mädchen behäbig, mit unsicheren Schritten hinter ihr her.

Weiter zwischen den Bäumen entlang.

Weiter der Stadt entgegen.

17
Die Frau

Die Wolken sind wie Farbkleckser auf den Himmel getupft. Sie blickt nach oben, sieht die geriffelten Gebilde, und ein Lächeln fliegt über ihr bleiches, blutunterlaufenes Gesicht. War ihr früher auch schon aufgefallen, dass die Wolken in Form von Gehirnen über ihr schweben?

Verärgert wird ihr bewusst, dass sie nicht das Geringste über sich weiß, über die Frau, als die sie in den Wald gegangen sein muss, bevor etwas mit ihr geschehen ist, an das sie sich nicht erinnern kann.

Und das aus ihr einen wandelnden Leichnam gemacht hat.

Ihre Kleider sind zweifellos die einer Frau, nicht die eines Bauerntrampels. Qualität angemessen, sicher keine Billigware, durchaus individuell. Immerhin hatte ich Geschmack, denkt sie. Anders als dieses Mädchen in ihrem schwarzgefärbten Kartoffelsack.

Sie wirft einen Blick auf ihre Begleiterin, die stumm neben ihr hertrottet und stumpf nach vorne blickt. Fast fühlt sie Bedauern, dass sie sie so zugerichtet hat. Ihr Gesicht erinnert mehr an einen zerfetzten Teppich als an die Visage einer jungen Frau.

»Wie heißt du eigentlich?«, fragt sie schließlich.

Statt einer Antwort kommt aus ihrem Mund nur ein Stöhnen. »Bleib mal stehen«, fordert sie sie mit heiserer Stimme auf. Das Mädchen lässt es geschehen, als die Frau in ihren Jackentaschen herumfummelt und schließlich die Brieftasche herausfischt. Nach kurzer Suche hat sie den Personalausweis gefunden.

»Priscilla ... da haben dir deine Eltern aber einen Gefallen getan«, krächzt sie. Das Mädchen stöhnt auf, als hätte jemand in einer offenen Wunde herumgestochert. Dann scheint es, als würde auch sie etwas fragen wollen.

»Wie ich heiße, willst du wissen?«

Ein zustimmendes Grunzen. Ratlos blickt die Frau sich um. Gerade an diese simple Frage hatte sie bislang keinen Gedanken verschwendet. Automatisch klopft sie ihre Taschen ab. Sie sind leer. Keine Brieftasche. Keine Dokumente. Sie kratzt sich am Kopf. Nimmt den Hut ab. Der einzige Anhaltspunkt klebt dort als Adressetikett auf ihrer Hutkrempe: Hermas Weltenladen.

Der Name ruft keine Erinnerungen in ihr wach. Dennoch: immerhin ein Anhaltspunkt. Da macht sich ihre Begleiterin wieder mit einem Grunzen bemerkbar.

»Ich überlege ja«, gibt sie genervt zurück, ohne sie dabei anzusehen. Wieder Grunzen. Diesmal drängender.

»Ja doch.«

Doch das Grunzen will nicht verstummen. Dann endlich sieht sie das Mädchen an, will sie eigentlich mit einem strafenden Blick zum Schweigen bringen, als sie ihre fuchtelnde Hand bemerkt. Die direkt auf ihre Brust zeigt.

»Ach, so eine bist du? Das schlag dir mal schön aus dem Kopf!«

Doch das Mädchen zeigt nur noch energischer auf ihr Dekolleté. Schließlich folgt die Frau ihrem Blick und bemerkt nun zum ersten Mal die Kette, die um ihren Hals hängt.

Und an der ein Amulett in Herzform baumelt.

Nun verstummt das Grunzen. Überrascht schaut die Frau zu Priscilla auf.

»Du bist schlauer, als du aussiehst«, sagt sie, woraufhin das Mädchen einen Laut von sich gibt wie ein getretener Hund. »Tut mir leid, ist mir nur so rausgerutscht«, schiebt die Frau hinterher, während sie an dem Herzen herumfummelt, das an der Kette baumelt. Auf der Rückseite wird sie schließlich fündig. Ihre Finger streichen über den eingravierten Namen.

»Ich nehme an, du kannst mich Annabell nennen.«

18
Safranski

VERMISST: Annabell Ballas, 46 Jahre alt, 167 Zentimeter groß, leicht untersetzt, dunkelblonde, gelockte Haare, bekleidet mit einem geblümten Sommerkleid mitsamt Strohhut. Hinweise nimmt die Polizei entgegen.

Kurt Safranski betrachtet nachdenklich das Bild von Annabell Ballas, das vor ihm auf dem Schreibtisch liegt. Die wilde Lockenmähne und als Kontrast dazu die schmalen, zusammengekniffenen Lippen, die ihrem eher runden Gesicht einen harten Zug verleihen. Dazu die Augen, die den Betrachter fast hochmütig anschauen.

Safranski gefällt die ganze Sache nicht. Irgendwas stinkt hier gewaltiger als alle Schweinemastanlagen der Gegend zusammen. War es nicht schon allein verdächtig, dass Ballas bereits nach so kurzer Zeit die Polizei einschalten wollte?

Nicht einmal zwölf Stunden sind vergangen, seit er seine Frau zum letzten Mal gesehen haben will. Zwölf Stunden, nichts anderes als ein ausgedehnter Schlaf. Safranski überlegt, wann er das letzte Mal so lange am Stück geschlafen hat. Wenn er auf die Hälfte kommt, ist das schon eine lange Nacht.

Nein, grübelt Safranski und streicht sich über den Schnauzbart, irgendetwas stimmt hier ganz und gar nicht. Trotzdem würde er die Vermisstenanzeige in der Zeitung schalten lassen. Wenn das überhaupt noch nötig wäre. In Orten wie diesen verbreitet sich nichts schneller als ein Gerücht, lange bevor etwas davon in der Zeitung steht.

wird. Dass es sich in einer ständigen Aneinanderreihung von Enttäuschungen wiederholt.

Als würde man lebend verrotten.

Dass ihm jetzt ein unverhofftes Abenteuer blüht, nimmt er als ein Geschenk des Schicksals hin, das ihn über alle Niederlagen hinwegtrösten will. Doch selbst dieser Gedanke ist für einen Geist wie dem von Maik Wagenfeld zu weit gedacht.

Er will einfach nur ficken, stumpf und hirnlos. Er spürt, wie seine Säfte in Wallung kommen. Er hat lange nicht mehr und will sie am liebsten verschlingen.

Und sie will es auch. Ihr Top sitzt so eng, dass es aus ihren Brüsten mehr greifbare Realität als verdeckte Vorstellung macht. Ihr Jeansrock ist nicht breiter als ein Gürtel, ihr Höschen darunter längst durchnässt.

Sie braucht es, sie will es. Und sie will es von ihm. Maik Wagenfeld fingert an seiner Hose herum. Löst den obersten Knopf seiner Jeans. Im nächsten Moment baumelt sein Schwanz in der Luft wie eine Wetterfahne.

»Komm her«, raunt er ihr zu.

»Nicht hier«, hält sie ihn zurück und hat sich doch selbst kaum noch unter Kontrolle.

Dort schließlich, wo der Park nahtlos in die Wälder übergeht, nimmt er sie im Stehen an einem Baum. Ihr Kopf schlägt bei jedem seiner Stöße hart gegen den Stamm, ihr Stöhnen in seinem Ohr treibt ihn nur weiter an. Dann stößt sie ihn weg, zieht ihn zu Boden, setzt sich rittlings auf ihn und reitet ihn wie ein Höllenpferd.

Spitze Schreie entschwinden in die Baumkronen. Maik Wagenfeld hält die Augen geschlossen, das rhythmische Zucken des Mädchens zieht jedes Blut aus seinem Gehirn. Seine Erregung bringt ihn zum Platzen, rauscht wie eine Achterbahn in die Höhe.

Dann spürt er, wie etwas Feuchtes gegen sein Gesicht spritzt. Maik Wagenfeld reißt die Augen auf, versteht nicht, was in diesem

Moment passiert.

Aus dem Hals des Mädchens quellen Fontänen von Blut. Sie sackt in sich zusammen, als wäre die Luft aus ihrem Körper gelassen worden. Damit gibt sie den Blick frei auf das Ding, das zu Maik Wagenfelds Füßen kniet, auf ein blutverschmiertes Maul, in dem ein Stück Fleisch baumelt.

Joannas Fleisch.

Schon im nächsten Augenblick spürt er die Zähne auf seinem Gesicht und realisiert mit Verzögerung, wie das Ding das Fleisch in Fetzen von seinen Wangen zieht. Blut rinnt ihm über die Augen wie eine aufgeplatzte Ketchup-Flasche und sickert unter seinem Kopf in den Waldboden.

Als ob das Blut ihn noch weiter anstacheln würde, beißt dieser lebende Kadaver ihm die Nase ab. Es ist einfach nicht mein Tag, schießt es ihm noch durch den Kopf. Es ist der letzte Gedanke, den Maik Wagenfeld in seinem Leben denkt, bevor ihm das Ding die Aorta zerreißt.

Damit stürzt er ins Nichts. Kein Schmerz mehr. Keine Angst. Keine Erleichterung.

Einfach nur Nichts.

20
Lorenz

Der erste Anschiss seines neuen Chefs ist nur noch wenige Minuten entfernt. Lorenz hatte nicht darauf geachtet, wie die Minuten sich zu Stunden wandelten. Er hatte sich auf eine Parkbank gesetzt, an seinem überdimensionierten Kaffee genippt und sich eine Zigarette nach der anderen in die Lungen gezogen.

Sein Blick schweift über die Dächer des Ortes. Er weiß nicht, ob ihm vom Anblick dieser Idylle schlecht ist oder wegen der hohen Konzentration von Koffein und Nikotin in seinem Körper. Ihm ist nur klar, dass er es nicht mehr lange aushalten können würde. Nicht in diesem Ort und nicht in einer Redaktion, in der seine Nemesis, Schnippi-Schnappi Christian Schirmer den Ton angibt.

Aufgeputscht von Kaffee und Zigaretten pumpt sein Herz besorgniserregend, als er kurze Zeit später die Stufen zur Redaktion erklimmt. Er würde versuchen, jedes Gespräch mit Schirmer zu vermeiden. Würde stumpf seine Texte in die Lektoratsmaske hauen und dann den Abgang machen. Ein falsches Wort von Schirmer und seine Kündigung läge morgen auf dem Tisch.

Doch bei eben jenem Gedanken wird ihm klar, was für ein Feigling er doch eigentlich ist. Er würde nicht kündigen. Er hat zu viel Angst davor, nicht gebraucht zu werden. Und er will gebraucht werden.

Er würde nicht kündigen, sondern nur ertragen, sich vielleicht freuen, wenn ihm in den alltäglichen Redaktionsscharmützeln ein kleiner Sieg gelingen würde, doch sonst würde er schweigen, und eben das sieht er nun, da er die Tür zur Redaktion aufstößt, mit so einer Klarheit vor sich, dass ihm kurz schwach wird und er sich an der Wand abstützen muss.

Blass schleicht er in sein Büro. Die Leere, die ihm Michelles unbesetzter Schreibtisch suggeriert, schmerzt ihn.

»Lorenz, bist du es?«, ruft Schirmer aus seinem Büro. »Ging alles glatt, hast du alles beisammen?«

»Alles im Block«, ruft Lorenz zurück.

Es fühlt sich an, als hätte er allein für diesen Satz all seine Kräfte zusammenziehen müssen. Er sieht durch die halbgeöffnete Tür nur Schirmers Schatten an der Wand, sein Abbild, bucklig über die Tastatur gebeugt. Dann verschwindet er in seinem Büro und macht sich an die Arbeit.

Seitdem die Geschäftsführung den Newsroom eingeführt hat, ist es zu einem Redaktionssport geworden, über die Kollegen in den jeweils anderen, weit voneinander entfernten Büros herzuziehen.

Lorenz hat in seiner Anfangszeit noch miterlebt, wie man die Zeitungsseiten selbst zusammenbastelte. Er mochte das. Es war wie Meditation. Aufmacher auf die leere Seite ziehen, rechts und links die Spalten dran, ein, zwei Bilder notfalls über die halbe Seite, wenn der Text nicht mehr hergibt, fertig.

Nun tobt der tägliche Kampf zwischen Reportern und Redakteuren, die früher einmal Reporter waren und sich nichts mehr wünschten, als in ihre frühere Stellung zurückzukehren, als in der ständigen Unruhe des Großraumbüros Seiten zu bauen, über deren Inhalt sie keine Handhabe mehr hatten.

Der wenige Handlungsspielraum, der ihnen geblieben ist, besteht darin, penibel die Stilvorgaben der Chefredaktion umzusetzen. Wie Schießhunde achten sie darauf, dass bei einem Zitat immer jemand unserer Zeitung etwas sagt, niemals dieser Zeitung. Jeder Anglizismus wird gejagt und ausgemerzt. Jeder Absatz so breit mit

21
Herma

Herma Rahmenfeld überlegt, wie sie ihren gerade zu Ende gehenden Geschäftstag beschreiben sollte. Mies wäre ein passender Begriff. Beschissen vielleicht sogar noch treffender. Aber mit solchen Begriffen will sie ihr Tagebuch eigentlich nicht verschandeln. Jeden Tag eine Seite, hatte sie sich vorgenommen. Sie erfüllt ihr Pensum konsequent.

Nur manchmal fehlen sogar ihr die Worte.

Bereits am Morgen hatte sie die Schmierereien an der Schaufensterscheibe ihres Eine-Welt-Ladens abwischen müssen. Kurz vor neun Uhr war es, als sie um die Ecke gebogen kam und schon eine Ansammlung Schaulustiger vor ihrem Geschäft stehen sah. Kunden waren es nicht.

Als sie auf dem Kopfsteinpflaster näherkam, verstummte das Getuschel. Sie hörte Worte wie »Schweinerei«, doch wenn sie genau lauschte, und dessen war sie sich sicher, hatte sie auch Kichern unter den Umstehenden gehört.

Kitzlerbude hatten sie diesmal an das Schaufenster geschmiert. Immerhin einfallsreicher als das Fotzenloch vom letzten Mal. Stoisch hatte sie sich einen Eimer Wasser geschnappt und die Schmiererei weggewischt. Und dann, aus Trotz, einen fetten Aufkleber an die Scheibe gepappt: Lieber queer und lebensfroh als verklemmt und hetero! Nur weil man in der Minderheit ist, muss man sich nicht kleinkriegen lassen.

Besonders nicht in dieser Hinterwäldlerwelt.

Sie hatte es sich ja so ausgesucht. Sicher, sie hätte das Erbe nicht annehmen müssen. Hätte sich nicht auf das Grundstück einlassen müssen, das ihr eine Tante vermacht hatte, die sie nur noch aus den tiefsten Kindheitserinnerungen kannte. Und doch war sie die Stadtflucht angetreten, raus aus der Enge, dem Smog, raus in die Natur, dorthin, wo Kinder noch unbeschwert aufwachsen können.

Später weiß man es immer besser.

Unschlüssig über ihren Tagesbericht, den Stift unbeweglich in der Hand und das Tagebuch auf ihrem Schoß, zieht sie an ihrer Zigarette. Die Regenbogenfahne baumelt schlaff über ihrem Kopf. Nicht einmal zur Dämmerung kommt ein Lüftchen auf. Herma nimmt die Brille vom Gesicht und blinzelt in die Dunkelheit.

Manchmal fragt sie sich, ob die wenige Kundschaft nicht eher aus Neugier bei ihr reinschaut, zwischen den Regalen mit fair gehandeltem Tee und Kaffee, indianischen Traumfängern, Räucherkerzen, Frauenliteratur, Modeaccessoires und allerlei Klimbim umherschnüffelt, um dann nur einen Mitleidskauf bei der Eine-Welt-Lesbe zu tätigen. Meist aber bestehen ihre Tage im Geschäft aus purem Warten.

Selten verläuft sich ein Auswärtiger in den Laden. So ein Bote aus einer anderen Welt ist selten in einem Universum, in dem man Tag für Tag mit denselben Gesichtern konfrontiert wird. Jeder, der nicht dazu gehört, fällt sofort auf.

So wie der Schatten, der sich seit Minuten über den Boulevard auf sie zubewegt. Herma sitzt auf dem Stuhl vor ihrem Geschäft und kneift misstrauisch die Augen zusammen.

Auf dem Boulevard schlendern die Leute nicht, denn es gibt nichts zu sehen. In der Regel eilen sie hier entlang, ohne aufzusehen. Manche Rentner verschnaufen auf den spärlichen Sitzbänken, später werden sie von Jugendlichen in Beschlag genommen. Doch selbst denen wird es irgendwann zu langweilig und sie machen sich auf zu anderen Orten, an denen man zumindest etwas kaputtschlagen kann.

Herma kann nicht einmal erkennen, ob es eine Frau oder ein Mann ist. Ohne ihre Brille könnte man ihr auch erzählen, George Clooney stünde vor ihr. Im Laufe ihres 46-jährigen Lebens hat sie sich an ihre Molchaugen gewöhnt. Sie kneift wieder die Augen zusammen, sieht, dass sich die Konturen der Person ihr immer weiter nähern.

»Wir haben leider schon geschlossen«, sagt sie an den Schatten gerichtet, als dieser nun direkt auf sie zusteuert. Doch der hat sie entweder nicht gehört oder ignoriert sie. Viel mehr noch – und Herma verengt die Augen zu Schlitzen, weil sie glaubt, sich versehen zu haben – taucht aus dem Windschatten der Person ein weiterer Schatten auf.

Als sie näher an Herma heranrücken, nur noch weniger als zwei Meter von ihr entfernt sind, nimmt sie den Modergeruch wahr. Danach bemerkt sie nur noch, wie ihre Hände zittern und ihre Brille von ihrem Schoß zu Boden fällt und in ihre Einzelteile zersplittert.

22
Safranski

Wie ausgestorben.

Kurt Safranski weiß selbst, wie absurd das klingt. Dennoch ist es sein erster Gedanke, als er das quietschende, an allen Ecken und Enden vom Rost zerfressene Portal hinter sich zuzieht und den Friedhof betritt.

Safranski ist kein Philosoph. Er denkt selten über das Leben nach. Ihm fehlt schlicht und einfach die Zeit dafür. Und wenn er je einen Glauben gehabt hat, ist der ihm über die Jahre abhandengekommen.

Seit er das letzte Mal hier gewesen ist, sind die Leerflächen größer geworden. Gräber, an die er glaubt, sich zu erinnern, sind verschwunden. Heute sind die Menschen mobiler, sie leben und sterben nicht mehr an einem Ort. Es bleibt niemand zurück, der sich um die Gräber kümmern könnte. So verschwinden die Menschen unter dem grünen Rasen und hinterlassen zu wenig, um der Nachwelt im Gedächtnis zu bleiben.

Vor wenigen Grabstätten sind frische Blumen abgelegt. Sie sind ein Alibi. Täuschung und Tarnung. Sie schmücken die Oberfläche und verdecken das, was sich unter ihnen verbirgt: Moder, Verwesung, Zerfall.

Bald werden hier ein Vater und seine Söhne begraben werden. Wie wird es ihnen ergehen? Wie lange wird jemand an sie denken? Und spielt das überhaupt noch eine Rolle?

Er weiß, dass Trauer nicht der richtige Begriff ist. Er hat die Fa-

»Aber du weißt sicher, wer ich bin?«, fragt die Frau dazwischen. Ihre Stimme klingt wie gerade der Gruft entstiegen.

»Soll das ein Witz sein?«

»Sehe ich etwa aus wie ein Standup-Comedian, sieht das aus wie ein Scherz?«

Herma blickt in das wachsbleiche Gesicht, aus dem sie gläserne Augen anstarren. Viel mehr noch – und sie kann sich dagegen sträuben, wie sie will – muss sie auf diese Wunde starren, die die Frau in diesem Moment mit dem Lüften ihres Sommerhutes offenbart. Natürlich kennt sie den Hut, sie hat ihn selbst hergestellt, hat ihn der Frau verkauft. Und nun steht die wieder vor ihr. Doch – ist das möglich?

Herma kommt nicht los von diesem Krater, aus dem die Rosatöne ihres Gehirns durchschimmern. Sie spürt die Dürre in ihrem Hals und räuspert sich verlegen.

»Wer bin ich?«, drängt die Frau erneut.

Herma seufzt tief, dann schließt sie die Augen, ganz wie damals, wenn sie vor der Klasse auswendig Gedichte vortragen musste. »Dein Name ist Annabell Ballas. Du bist die Frau des Bürgermeisters Viktor Ballas …«

Herma bricht ruckartig ab, als wäre ihr etwas in den Sinn gekommen. In der nächsten Sekunde kramt sie bereits hinter der Ladentheke herum und holt eine zerknitterte, von Kaffeerändern übersäte Zeitung hervor. Sie hält sie der Frau vor die Nase.

»Der hier …«, sagt sie und tippt auf eine Person inmitten einer Gruppe von Anzugträgern, die sich vor einem brachen Baugelände positioniert hat und in die Kamera lächelt.

Zufrieden, als hätte sie ihre Aufgabe mit Bravour bestanden, blickt sie die Frau an. Und sieht mit Schrecken, wie deren Gesicht verkrampft, der Schaum aus ihrem Mund hervortritt und nur noch das Weiß ihrer Augen zu sehen ist.

Wie von Blitzen getroffen fällt sie in unkontrollierten Zuckungen zu Boden. Herma stürzt zu ihr. Der Körper windet sich in Krämpfen, die Gliedmaßen sind unnatürlich verrenkt. Herma versucht mit aller Kraftanstrengung, die wild umherzuckenden Arme unter Kontrolle zu bringen.

Schläge treffen sie im Gesicht und an der Schulter. Nur langsam verlieren die Schläge an Intensität, der Körper beruhigt sich, fährt herunter wie ein Auto, das im Leerlauf langsam ausrollt und schließlich zum Stehen kommt.

Herma ist schweißdurchnässt, ihre Wangen glühen. Dort, wo die Fäuste der Frau auf ihren Knochen trafen, spürt sie es pochen. Plötzlich aber erfasst sie eine eisige Kälte, die ihren Rücken heraufkriecht, sich um ihren Nacken und ihre Kehle windet und ihr die Luft zum Atmen abschnürt. Verursacht durch die beiden Gestalten, die sie bislang nicht bemerkt hat und die sie gerade aus der Eingangstür ihres Ladens anstarren. Aus Augen, die in toten Gesichtern stecken. Gesichter, an denen frisches Blut klebt. Wieder spürt Herma, dass ihr Verstand überfordert ist. Sie fühlt seine Kapitulation.

Da kommen die beiden durch die Tür auf sie zugestürzt.

24
Bruckmann

Valentin Bruckmann kann sich nicht erinnern, wann es begonnen hat. Manchmal ist das Verrücktsein Schicksal, manchmal eine Entscheidung und manchmal einfach nur Pech. Aber in jedem Menschen steckt diese Kugel. Sie zieht ihre Bahnen, sie pulsiert, und irgendwann kann sie aus dem Takt geraten, aus der Spur springen, anschwellen wie eine Krebszelle, das Gleichgewicht zum Wanken bringen.

Valentin Bruckmann hat es kommen gespürt, hat gemerkt, wie es sich herangeschlichen hat, Woche für Woche, Monat für Monat. Er spürte die Kugel immer heftiger pulsieren. Lange hat er sie unter Kontrolle halten können.

Nur manchmal war es andersherum. Dann hatte sie ihn gesteuert. Dann tat er all diese Dinge. Immer in dem Glauben, dass Menschen wie er nicht gesehen werden.

Denn nichts an ihm wirkt lebendig. Seine Kleidung besteht aus Beige- und Grautönen. Alt und verbraucht und reif für die Ablage. Und nun ist er nichts mehr. Er fühlt sich wie ausgelöscht, wie weggewischt. Ein Mensch, der verschwindet und nicht einmal eine Lücke lässt.

Freigestellt.

Was für ein Euphemismus dafür, dass Ballas ihn eiskalt abserviert hat. Bruckmann lacht bitter auf und erhebt sich von seinem Schreibtisch. Minuten später hämmert sein Kopf immer wieder gegen die Wand. Dumpf dröhnen die Aufpralle durch das Kellerbüro. Seine Stirn platzt. Das Blut rinnt in Bächen zwischen seinen Augen hindurch über den Nasenrücken und bildet auf dem Boden eine Pfütze.

Bruckmann stapft mit den Füßen hindurch und schlurft benommen zu seinem Schreibtisch zurück. Schwerfällig lässt er sich in den Stuhl fallen. Durch einen Schleier sieht er die blutroten Abdrücke, die seine Schuhe auf dem Fußboden hinterlassen haben.

Instinktiv greift er in die unterste der Schreibtischschubladen, die mit dem doppelten Boden. Dann zieht er die Akten heraus. Als er durch die Dokumente blättert, kehrt das Lächeln auf sein Gesicht zurück.

Plötzlich muss er sogar anfangen zu kichern. Es übermannt ihn wie ein Niesanfall. Er kann nicht mehr damit aufhören. Er lacht so sehr, dass er gar nicht merkt, wie die Kugel, die immer heftiger durch seinen Körper rast, endgültig aus ihrer Bahn springt.

26
Annabell

Das, was sie sieht, spielt sich in ihrem Inneren ab. In den Tiefen und Gräben ihres zerklüfteten Schädels sieht sie sich vor einer Leinwand sitzen. Erst flimmern auf ihr nur die Lichter, schließlich formen sich aus ihnen Bilder, Szenen, Gestalten: sie. Der Mann. Der Wald. Der Himmel. Das Gesicht. Der Stein. Das Blut. Der Schrei, der sich in ein Kreischen potenziert und ihr selbst in den Ohren schmerzt. Sie liegt da, das Kreischen reißt nicht ab.

Da versteht sie, dass es nicht von ihr kommt.

Sie reißt die Augen auf, sieht die vorwärts schlurfenden Kadaver. Der Speichel rinnt ihnen in Bächen aus den Mäulern. Es dauert nur einen Augenblick, bis Annabell Ballas die Situation erfasst und ihre Stimme durch die Luft schneidet wie ein gezacktes Messer.

»Halt, ihr lasst sie in Ruhe!«, faucht sie den Angreifern entgegen. Es ist der Ton einer strengen Mutter, die ihre Kinder tadelt. Sie gehorchen mit Murren und schleichen ab, nicht ohne den Blick von Herma Rahmenfeld abzulassen und auf ihre nächste Chance zu lauern.

Die presst sich mit dem Rücken gegen die Wand, ein einziger zitternder Körper, der kurz davor ist, die Kontrolle über seine Funktionen zu verlieren.

Nervös blickt sie von einem Gesicht zum anderen, von einer Fratze in die nächste. Ihr Blick bleibt auf den Wunden hängen, die förmlich nach Schmerzen schreien. Doch aus den Mündern dieser

Dinger dringt nicht mehr als Grunzen. Wieder fragt sie sich, wie ihr größter Verbündeter sie im Stich lassen kann. Wieder einmal nämlich weigert sich ihr Verstand, das zu begreifen, was sie sieht.

Schließlich bleibt sie am Gesicht von Annabell Ballas hängen und versucht es mit dem Bild der Frau in Einklang zu bringen, die vor wenigen Tagen noch in ihrem Laden gewesen ist. Abgespannt und vergrämt war sie ihr da vorgekommen, frustriert von einem Leben, von dem sie sich doch nehmen konnte, was sie wollte, und in dem ihr doch etwas abhandengekommen war. Oder etwas fehlte.

Statt Freude sah sie in dieser Frau nur Verbitterung.

Aufgedunsen und blass ist sie jetzt, geradezu grotesk heben sich die Leichenflecken von der Haut ab, schimmernd in Blau und Grün wie eine faule Frucht. Die einstige Lockenpracht klebt in Fettsträhnen an ihren Wangen. Und doch bemerkt sie etwas in ihrem Blick, das nicht zu diesem Gesicht aus Verfall und Verwesung passt.

Ihre Lippen verziehen sich zu einem schiefen Grinsen. Sie blickt in die Runde, sie mustert jede einzelne dieser krummen Gestalten. Es hätte sie alle nicht treffen müssen, es kann immer jemand anderen treffen, aber nur sie waren zur falschen Zeit am falschen Ort und konnten nichts dagegen tun, dass die Welt mit ihnen etwas anderes vorhat.

Dass Annabell Ballas mit ihnen einen anderen Plan hat.

27
Bruckmann

Die Dielen knarren unter seinen Füßen, als er die Treppen aus seinem Kellerbüro hinaufsteigt. Seine Stirn pocht. Verkrustetes Blut klebt auf seinem Gesicht. Sein Blick glüht, er schaut fieberhaft um sich.

Das Rathaus ist vieles in einem, ist Museum, ist Gedächtnis dieses Ortes. Will man diesen Ort auslöschen, muss man nur das Rathaus sprengen. Valentin Bruckmann kann das Gefühl nicht abschütteln, beobachtet zu werden.

Als würde man seine Gedanken erraten.

Er geistert durch die Gänge und mustert die Türen, als würde er zum ersten Mal wahrnehmen, dass es so etwas wie Kollegen gibt, die ebenso wie er ihren Dienst versehen. Er liest: Fachbereich 1 Verwaltung, Fachbereich 2 Bauamt, Fachbereich 3 Finanzen. Die Türen sind wie an einer Perlenkette aneinandergereiht, die Ordnung eines Beamtentums, wie geschaffen, um Menschen um den Verstand zu bringen.

Bruckmann steuert direkt auf die Etage zu, in denen die Vergangenheit an den Wänden hängt. Dort, in der Ahnengalerie des Rathauses, starren sie ihn an, die Fürsten und Fürstinnen in ihren heute so lächerlich anmutenden Gewändern.

Mit hochmütigem Blick schauen sie von ihren Gemälden herab auf Bruckmann, als würden sie aus ihrer Vergangenheit heraus die Nase rümpfen über das gemeine Volk, das es wagt, durch diese Räume zu stolzieren, das es überhaupt wagen konnte, aus ihrem Sitz so etwas wie ein Rathaus zu machen, einen Versammlungsort für den gemeinen Pöbel.

Voller Abscheu schweift sein Blick über die Gemälde. Dann rückt er näher an eines heran, bis er die Feinheiten der Pinsel auf der Leinwand sehen kann, das spöttische Lächeln der Dame – als gelte es ihm.

»Schlampe«, spuckt er ihr ins Gesicht. »Dir werde ich es besorgen.« Nie hat sich Valentin Bruckmann vor anderen Menschen gehen lassen. Es gibt über ihn keine Anekdoten. Was man sich über Valentin Bruckmann erzählt, sind Gerüchte, Verdächtigungen, geäußert hinter vorgehaltener Hand.

Nun sieht er keinen Grund mehr, sich zurückzuhalten.

Er reißt das Bild von der Wand, wirft es vor sich auf den Boden. Dann fummelt er an seinem Hosenstall. Der Urinstrahl klatscht direkt gegen ihre Brust.

»Schluck das, du Schlampe«, blafft Bruckmann das Gemälde an. »Zum Fressen habe ich auch was für dich.«

Dann dreht er sich um die eigene Achse. Und könnte die Dame auf dem Gemälde sehen, erblickte sie nun seinen blanken Arsch über ihrem Gesicht.

immer wieder danach greifen.

»Schau, was dich hier Heißes erwartet«, stöhnt sie jetzt in sein Ohr und führt seine Hand unter ihren Rock.

Darunter ist sie nackt. Er ist zu geil, um darüber nachzudenken, wie hochmütig das klingt. Als handle es sich um einen Napf voller Hundefutter.

Im Wohnzimmer nimmt er sie schnell und hart und gleichgültig auf der Couch. Sie windet sich unter seinen Bewegungen, stöhnt und bettelt, er möge es hier härter besorgen. Er versucht es hinauszuzögern, zu unterdrücken, doch es steigt in ihm auf und er kann es nicht zurückhalten.

»Härter, härter«, bettelt sie ihn an. Da bricht es einfach aus ihm heraus.

Er muss schallend lachen.

29
Ballas

Die Scheinwerfer seines Dienstwagens zerteilen die Dunkelheit. Er rauscht durch sie hindurch wie durch eine Schneise. Nur das Schnurren des Motors unter der Motorhaube dringt zu ihm durch. Die Nadel auf dem Tacho zuckt der hundert entgegen. Die Reifen schweben geradezu über den Asphalt. Die Bäume des Waldes fliegen rechts und links an ihm vorbei.

Drei Stunden hat er mit den störrischen Gemeinderäten herumstreiten müssen, bis alle Beratungen und Beschlussfassungen durch waren. Er liebt es, in diese Schlachten in die Dörfer zu ziehen, die es nie verwinden konnten, dass er eines nach dem anderen dem Stadtgebiet einverleibt hat.

Wenn sie doch nur endlich verstehen würden, was er ihnen damit für einen Gefallen getan hat. Sie sind so arm, dass sie sich allein nicht einmal die Müllabfuhr leisten könnten. Immer wieder sperren sie sich gegen alle Beschlüsse, gegen jede Gebietsreform. Stattdessen beschwören sie ihre Identität, ihre Gemeinschaft.

Gibt es so etwas wie Dorfgemeinschaft überhaupt noch? Ballas zweifelt. Heute gibt es keine Gemeinschaften mehr, es gibt nur noch Interessen. Jede Debatte um Gehwege, Straßenbeleuchtungen und Grünflächen wird zu einer privaten Fehde. Mann gegen Mann, Frau gegen Frau und jeder gegen jeden.

Ballas liebt diese Scharmützel. Noch mehr aber liebt er es, wie ein glorreicher Feldherr aus diesen Kämpfen hervorzugehen, hinter sich nur Staub und Asche und die Leichname seiner Gegner. Intellektuell sind sie ihm sowieso nicht gewachsen. Er kann ihnen Wortungetüme aus dem Kommunalgesetz um die Ohren schleudern, die ein Großteil von ihnen nicht einmal buchstabieren könnte.

Er bremst ab, als er das Ortseingangsschild passiert, die Kernstadt, heimisches Territorium.

Geräuschlos gleitet sein Wagen durch die Straßen, durch seine Stadt, sein Werk. Hier: Die Straße, ohne sein Engagement wäre sie immer noch eine Holperpiste. Die Straßenbeleuchtung erneuert, auf die Brachfläche mitten in der Stadt ein Einkaufszentrum gesetzt, das Krankenhaus, runderneuert – kurze Wege auch für die Alten; das Industriegebiet aufgewertet und die Gewerbesteuer gesenkt – Arbeitsplätze für die Jungen; die Plattenbauten zurückgebaut und damit die Sichtachse auf die Altstadt freigegeben – lebenswertes Wohnen für alle Generationen.

Er weiß, dass die schwierigsten Kämpfe hinter ihm liegen. Nun sieht er vor allem: Ruhe. Und etwas ist anders. Er sieht sie nicht nur, er spürt sie. Er spürt sie tief in seinem Inneren seit diesem einem Moment, der ihm alles abverlangt hat und der vor allem eines getan hat: Er hat ihn von allen Lasten befreit.

30
Joanna

Sie kommt über das Kopfsteinpflaster geschlurft, als sie den Körper bemerkt. Hungrig schleicht sie an ihn heran, umkreist ihn. Der Körper bewegt sich nicht. Sie schnüffelt an ihm, riecht den Gestank, der aus den Poren dringt. Schnaps. Sie rümpft die Nase, lässt die Alkoholleiche liegen und schleicht weiter durch die Nacht.

Hinter den Hoftoren und Gartenhecken jaulen die Tiere. Die Katzen und Hunde spüren es zuerst. Sie sind unruhiger als sonst. Sie spüren, dass diese Nacht anders ist. Sie jaulen, sie kratzen, sie schaben, sie zerren an ihren Ketten, sie fühlen, dass die Gefahr kommt.

Normalerweise bewegt sich zu dieser Zeit nichts mehr in dieser Stadt. Nichts und niemand kann sie stören, niemand kümmert sich mehr um sie. Sie dreht sich um, legt sich schlafen, macht die Augen zu. Deshalb sieht sie nicht, wie das Mädchen aus dem Dunkel der Gasse auftaucht.

Das Licht scheint durch die Milchscheiben wie eine Einladung. Wie menschliches Treibgut rückt sie näher an die Gaststätte heran. Da tritt ein Mann aus dem Lokal. Schwankend. Seine Hände fingern in den Taschen herum, aus denen er schließlich eine Zigarette hervorkramt.

Mit schwerer Breitseite lehnt er sich gegen die Wand und versucht, das Feuerzeug in seinen Händen zu beherrschen. Als er es geschafft hat und der erste gierige Zug die Zigarette zum Glimmen bringt, sieht er sie.

»Du siehst ja aus wie ausgekotzt«, lallt er ihr entgegen. »Harten Tag gehabt, was?«

Sie rückt näher an ihn heran. Das Mondlicht taucht ihr Gesicht in ein fahles Licht. Da bemerkt er das Blut an ihrem Mund. Instinktiv zuckt er zusammen. Er tastet sich rückwärts, seitwärts, an der Wand entlang, stolpert, verliert den Halt, fällt zu Boden. Sie riecht seinen Schweiß und seine Angst und ihr Hunger wächst, je mehr sie davon wittert.

Seine Hände scharren auf dem Boden, suchen eine Waffe, eine Möglichkeit, sich zu verteidigen. Ihre Hände greifen nach ihm, er stößt sie weg, schlägt und tritt nach ihr. Mit einem Satz springt sie auf ihn zu. Dann spürt er die Zähne in seinem Nacken.

Er schreit auf. Reißt sich noch einmal los. Wieder ein Biss. Fleisch reißt von seinen Knochen. Ihre Gier wird nur noch mehr angestachelt. Sie fetzt ihm das Hemd vom Oberkörper, verbeißt sich in seinem Bauch, reißt Stücke von seinem Körper. Sie giert nach diesem Menschenfleisch, das warm ist und blutet und nach Leben schmeckt.

Noch während er versucht, das Ende seines Lebens zu begreifen, hört er das Kichern. Erst leise, dann anschwellend und am Ende laut und schrill. Noch bevor er sich im Klaren darüber ist, was dieses unheimliche Kichern bedeutet, bohren sich die Zähne erneut in seinen Körper. Hände legen sich auf seinen Hals und pressen die Kehle zusammen. Er riecht Verwesung und den ammoniakartigen Geruch seines eigenen Urins. Wieder Kichern. Noch lauter.

Nun begreift er, dass es sein eigenes ist.

Es ist ein irres, entrücktes Lachen. Es steigert und potenziert sich und zerbröselt in der Luft. Er spürt, wie ihm das Ohr abgerissen wird. Er lacht nur hysterischer, als er nach unten blickt und sieht, dass seine Finger zu Stümpfen abgefressen sind. Seine Augen beginnen, sich zu weiten, zu zucken und in den Wahnsinn hinüber zu driften, Augen, in denen das Wissen steht, sterben zu müssen. Nicht irgendwann in ferner Zukunft.

Jetzt. Gleich. Hier.

Seine Gliedmaßen zucken unter den Attacken. Sein Blick verschleiert sich hinter einem Blutnebel, nur Zähne blitzen in Sekundenabständen daraus hervor. Als letzte Bilder seines Lebens sieht er die Nacht, die sich über ihm wölbt und sich in ihm ausbreitet und der alles, was da unten passiert, so herzlich egal ist.

Immer wieder knallt sein Kopf auf das Pflaster, bis sein Schädel bricht. Sein Gehirn liegt nun frei. Knochensplitter, Hirnmasse, Blutspritzer kleben auf dem Asphalt. Schwarze Blutlachen breiten sich auf dem Boden aus. Es ist, als rinne sein Schädel aus. Sein Kopf ist nicht mehr als ein Blutstumpf, zerschmettert zu Brei.

Da tauchen Weitere auf, stürzen sich auf ihn, stopfen sich das Maul. Diejenigen, die ein Stück ergattern können, stöhnen wollüstig auf. Ein Untoter nach dem anderen drängt nun zur Tür der Gaststätte, die dem Einfall nicht standhält.

Kurz darauf dringen Schreie aus dem Inneren wie ein Konzert des Grauens.

31
Maik

Manche Menschen machen es einem leicht, sie zu hassen. Wer bei Amtsrichter Silvester B. Messerschmidt – man sagt, das B. steht für Blutrichter – auf der Anklagebank sitzt, ist weiß Gott nicht der Hellste. Kupferdiebe sind darunter, dumpfe Schläger, Alkis.

Messerschmidt schafft es immer, sie sich noch eine Stufe dümmer fühlen zu lassen. Das Einzige, was sie am Ende seiner Sitzungen verstehen, ist die Strafe, die er ihnen aufbrummt.

Empathie ist kein Wort, das für Messerschmidt existiert. Man kann ihn sich gut als Inquisitor vorstellen, der seine Folterfantasien auslebt und dann mit einem Lächeln den Scheiterhaufen ansteckt. Einer, der immer wieder auf diesem Scheiterhaufen gegrillt wurde, ist Maik Wagenfeld.

Schon als junger Kerl wusste der nicht, wohin mit seiner Kraft und seinen Hormonen. Beides führte ihn schon als Jugendlicher vor den Blutrichter. Hätte er sein Maul gehalten, wie es sein Anwalt ihm empfohlen hatte, wäre er wohl glimpflich davongekommen.

Dass er es wagte, vor Gericht aufzumucken, empfand Messerschmidt wie eine Aufforderung zum Duell. Er ließ es auf den Kampf ankommen, kitzelte es geradezu heraus, versetzte Wagenfeld einen Stich nach dem anderen, subtil, gemein, niederträchtig.

Mit dem Wissen seiner intellektuellen Überlegenheit holte Messerschmidt jede Demütigung des jungen Wagenfeld hervor, jedes Versagen hielt er ihm vor die Nase, als Kind, als Schüler, als

Mensch, bis er sein Ziel erreichte.

Bis Maik Wagenfeld die Nerven verlor.

Es brauchte drei Wachmänner, um ihn danach wieder unter Kontrolle zu bringen. Nie wieder würde er sich so demütigen lassen, hatte er sich damals geschworen, nie wieder von Autoritäten, und seien sie auch noch so klüger als er, bespucken lassen.

Er sollte seinen Schwur einhalten – und es nie schaffen, eine Ausbildung zu Ende zu bringen. Nie würde er für jemanden von Nutzen sein. Nie würde er vergessen, wo dies alles begonnen hat.

Nie im Leben.

Silvester B. Messerschmidt, kleingewachsen und von gedrungenem Körperbau, erkennt ihn nicht sofort. Überhaupt ist es nicht seine Art, auf der Straße auf andere Menschen zu achten. Wenn, so erwartet er es, habe man ihn zu grüßen.

Als er Wagenfeld schließlich bemerkt, kneift er die Augen zusammen und bleckt die Zähne wie ein Wolf. Betrunken, keine Frage, so angestrengt steif laufen nur Menschen, die bis zur Schädeldecke abgefüllt sind.

Vielleicht zehn Meter trennen sie noch. Erregung öffentlichen Ärgernisses, Nötigung, vielleicht auch noch Körperverletzung, mal abwarten – Messerschmidts Gedanken spinnen sich bereits ein Netz aus Paragrafen, in dem Wagenfeld später zappeln würde.

Sie nähern sich einander an. Wagenfeld torkelt vorwärts, stolpert, kommt ins Straucheln und fällt vor Messerschmidt auf die Knie. So lob ich es mir, denkt Messerschmidt. Er wundert sich nur über die Blutklumpen in Wagenfelds Haaren. Sein Gesichtsausdruck wandelt sich in Unverständnis, dann in Schrecken.

Maik Wagenfeld hebt seinen Kopf. Messerschmidt öffnet reflexartig seinen Mund wie ein Karpfen, bringt keinen Laut hervor, starrt nur und erstarrt, vor diesem gehäuteten Totenkopf, vor den rot und rosa pulsierenden Muskelsträngen, den blank liegenden Gesichtsknochen.

Messerschmidt steht regungslos, erstarrt. Seine Augen weiten sich panikartig, als die Fratze sich zu einem Lächeln verzieht, als wäre Maik Wagenfeld eine gelungene Überraschung geglückt.

Die Attacke darauf ist schnell. Bevor Messerschmidt überhaupt Zeit hat, die Situation auch nur in Ansätzen zu verstehen, beißt sich Maik Wagenfeld in seinem Gesicht fest. Nur Sekunden darauf reißt er ihm mit den Zähnen ein Stück Fleisch aus der Wange. Mit einem trockenen Platsch klatscht es auf den Fußweg.

Messerschmidt blickt ihm hinterher. Er hat immer alles begriffen. Jede Situation hat er blitzschnell erfasst. Nur was hier gerade geschieht, das begreift er nicht.

Er spürt nur, wie etwas Feuchtes über seine Wange und seinen Hals läuft, sein weißes Hemd färbt sich dunkelrot, und dann dauert es nur noch Sekunden, bevor Silvester B. Messerschmidts blitzgescheiter, von Paragrafen gefüllter Verstand für immer abgeschaltet wird.

32
Hacke-Peter

Als Peter Belke den ersten Radau wahrnimmt, hält er seinen Penis in der unversehrten Hand und presst die Stirn gegen die Wand. Gelbe Kacheln, genau wie die Pisse, nach der es in diesem niemals beheizten, sommers wie winters gleich kaltem Provinzgaststättenscheißhaus permanent riecht.

Das Kribbeln in seinem Stumpf ist im Laufe des Abends unerträglich geworden. Eine Wirtshausschlägerei hat ihm jetzt gerade noch gefehlt. Er schlägt mit der Faust auf die Spülung. Das Spülwasser am Pissoir rauscht und zieht seine Pisse in den Abgrund.

Entnervt reißt er die Toilettentür auf, die direkt in den Gastraum führt. Was danach geschieht, spielt sich schon nicht mehr in Sekunden ab. Belke sieht die Lage, registriert sie, analysiert, schätzt, wägt ab, zieht seine Schlüsse – alles in einem einzigen, winzigen Sekundenbruchteil und zieht sich sofort zurück. Nur einen Spalt lässt er offen, um seinem Verstand und seinen Augen noch einmal die Möglichkeit zu geben, ihren Fehler vielleicht zu erkennen und zu korrigieren.

Doch sie sehen nichts anderes als in der Sekunde zuvor.

Zwischen umgeworfenen Tischen und Stühlen und zerbrochenen Gläsern kauern sie fauchend und grunzend und schmatzend über ihren Opfern. Knochen und Knorpel knacken unter den Bissen. Gliedmaßen sind unnatürlich vom Körper abgespreizt. Löcher klaffen in den Oberkörpern, als hätte jemand versucht, sie wie eine Obstschale auszulöffeln. Schlieren von Gewebe und Innereien kle-

33
Safranski

Man sagt, die Toten zieht es immer zurück an den Ort, der im Leben für sie von Bedeutung gewesen ist. Würde Kurt Safranski, wenn es mal mit ihm vorbei wäre, tatsächlich in dieses Büro zurückkehren und hier herumspuken?

Hier in diese Schachtel von Arbeitsraum, die ihm mit jedem Atemzug zu klein wird? Mit Wänden, die ihn jeden Tag mehr zu zerdrücken drohen? Mit der Hand befühlt er seine Stirn. Er fühlt sich fiebrig.

Bitte nur keine Sommergrippe, nicht jetzt und nicht bei all dem, was noch zu tun ist.

Unruhig tigert er mit dem Briefumschlag in der Hand im Büro herum. Adressiert an ihn persönlich, lag er mitten auf seinem Schreibtisch. Nun grübelt er, ob dies die Spur ist, die das Rätsel um Annabell Ballas löst. Oder nur der hirnverbrannte Scherz eines Wichtigtuers, die hier in Horden herumlaufen.

Seine Gedanken spielen Pingpong. Zu gern würde er zur Schachtel greifen, einfach die tausendmal wiederholte Bewegung vollführen, spüren, wie sich der Rauch durch seine Atemwege in die Lungen frisst.

Einmal hatte man ihm gesagt, wenn man das Rauchen aufgäbe, bliebe viel mehr Zeit für andere Gedanken als an die nächste Zigarette. Safranski wünschte, er könnte sich überhaupt auf einen Gedanken konzentrieren.

Die Schwüle wringt ihn aus wie einen nassen Lappen. Immer

wieder fallen ihm die Augen zu. Doch dann ist es, als würde ihm jemand mit der flachen Hand gegen die Schläfen schlagen. Vor ihm auf den Schreibtisch türmen sich die Akten mit lauter unerledigten Aufgaben. Wütend wischt er sie zur Seite, springt vom Stuhl auf und läuft unruhig auf und ab. Durch seine Brust zieht sich ein Krampf. Sein Seismograf, dass Ärger ansteht.

Was ist nur los mit mir?

Ist das der Nervenzusammenbruch, der sich schon mehrmals angekündigt und den er einfach mit noch mehr Arbeit hintergangen hatte? Rächt er sich nun? Ungehalten schenkt er sich einen Kaffee ein. Vielleicht der achtzigste heute. Da hört er den Radau auf der Straße.

Der Freitag driftet langsam ins Wochenende über. In dieser Zeit fangen die Menschen gerne an durchzudrehen. Safranski geht zum Fenster, beugt sich über das Fensterbrett. Vielleicht ist es der Anblick des Pöbels, vielleicht eine zu hektische Bewegung, die ihn schwindeln lässt.

Seine Hand beginnt zu zittern, kann die Tasse nicht mehr halten, die aus seinen Fingern gleitet und zwei Stockwerke in die Tiefe rauscht.

Direkt auf den Kopf.

Er platzt wie von einer Kugel getroffen. Das Gehirn spritzt zu beiden Seiten aus den Ohren. Safranski kann es nicht zurückhalten. In einem einzigen Schwall erbricht er seinen gesamten Mageninhalt neben sich auf den Fußboden.

Und er hätte noch weiter gewürgt und seine Innereien ausgespuckt, wenn die plötzlich einsetzenden Schreie aus dem Erdgeschoss seinen Verstand nicht in den akuten Alarmmodus versetzt hätten.

34
Lorenz

Lorenz spürt, wie sich etwas Feuchtes an sein Ohr heranschiebt. Dann hört er das Geräusch. Das Grunzen. Als er die Augen öffnet, sieht er die Lippen direkt vor seinem Gesicht. Roberta! Dann fällt es ihm wieder ein. Die Kneipe. Das Klatschen der Skat-Karten auf dem Tisch. Das Bier. Die SMS.

Und jetzt liegt sie hier und schmiegt sich an seinen Körper wie eine lästige Katze, und ebenso wie eine Katze wird sie ihre Haare auf dem Kissen zurücklassen und ihn daran erinnern, dass er wieder schwach geworden war. Liebend gern würde er sie aufwecken und aus dem Zimmer scheuchen.

Jetzt, wo alles vorbei ist und sein Kopf wieder klarer.

Durch die geöffneten Fenster weht ein Windhauch ins Zimmer. Lorenz steht auf, lehnt sich auf das Fensterbrett, blickt nach oben. Die Sterne sind wie Nägel in den Himmel gepflockt.

Er schafft es nicht, den Blick zu halten und seine innere Unruhe zu bändigen. Sie zieht und zurrt an ihm wie ein quengeliges Kleinkind, auch dann noch, als sich Lorenz wieder zu Roberta ins Bett legt und auf den Schlaf wartet, der nicht kommen will. Stattdessen starrt er an die Decke seines Schlafzimmers und die Decke starrt zurück.

Die Schwüle nimmt ihm den Atem. Neben ihm schnauft und schmatzt Roberta im Schlaf und zieht die Luft durch die Zähne ein. Durch das einfallende Mondlicht sieht er die Verzierungen auf ihren Armen. Tätowierungen, die sich von der Schulter über ihren

Oberkörper bis hin zu den Handgelenken winden. Der Totenkopf auf ihrem Busen grinst ihn höhnisch an.

Apathisch fixiert er die digitale Anzeige seines Weckers. Schwerfällig rücken die Minuten vorwärts. Schließlich hält er es nicht mehr aus, schält sich aus dem Bett, wirft sich die Klamotten über und zieht so leise wie möglich die Tür hinter sich ins Schloss.

Als er auf die Straße tritt, empfängt ihn vollkommene Stille. Langsam trottet er Richtung Innenstadt. Ihm scheint, die Stadt wäre auf Pause gedrückt worden oder steckte in einer Zeitlupe fest. Er kommt an Wohnblöcken vorbei, deren erleuchtete Fenster wie Farbtupfer aus der Dunkelheit stechen. Schließlich ist er so nah an der Redaktion, dass er dem Impuls nachgeben muss.

Das brennende Licht im Chefzimmer ist von der Straße gut zu erkennen. Nur schnell hoch, die Kamera holen für die Termine am nächsten Morgen und wieder verschwinden. Die Kamera – ausgerechnet die hatte er vergessen, als er Stunden vorher Hals über Kopf die Redaktion verlassen hatte.

Seine Füße fühlen sich wie Blei an, das er mühsam Stufe für Stufe die Treppe nach oben schleppt. Die Tür zur Redaktion quietscht wie ein Sargdeckel. Als er die Redaktion betritt, fällt ihm zuallererst der Geruch auf. Es riecht nach … Fleisch? Misstrauisch läuft Lorenz den Flur entlang, der Teppichboden schluckt seine Schritte.

Die Tür des Chefzimmers ist angelehnt. Ein Lichtschein dringt durch die Ritze. Der Geruch wird stärker. Lorenz legt seine Hand an die Tür und stößt sie einen Spalt breit auf, versucht, etwas zu erspähen, und sieht – nichts.

Er tritt näher an den Schreibtisch.

Es ist dieser eine Schritt, mit dem er die Grenze der Vernunft überschreitet und in die Welt des Wahns eintritt. Blut, Fleisch, Haut, Haare, Schleim – alles liegt dort in einer undefinierbaren Suppe miteinander vermischt. Jede Faser seines Körpers ist gespannt.

»Verdammte Scheiße«, entfährt es ihm. Seine Stimme ist heiser. »Das kann nicht sein.«

Er wünscht sich, er befände sich in einem schlechten Traum. Gleich würde er aufwachen, Robertas Gesicht vor seinem. Alles nicht wahr. Nur das Ergebnis von zu vielen Gedanken und zu viel Alkohol.

Alle Hoffnungen aber werden in dem Moment verpulvert, in dem sich eine Hand von hinten um seine Schultern schließt.

35
Bruckmann

»Lass es dir schmecken, du Miststück«, spuckt er ihr entgegen.

Bruckmann kichert, während er die Scheiße auf dem Gemälde der Dame betrachtet. Der Haufen liegt direkt auf ihrem Gesicht. Da wird er von einem Geräusch aufgeschreckt. Seine Miene verfinstert sich. War das ein Quietschen? Bruckmann hört in die Stille des Rathauses. Da! Schon wieder! Er kennt das Gebäude zu gut. Er weiß, dass nur eine Tür so quietscht.

Er knöpft sich die Hose zu und stößt einen Fluch aus. Mit einem Satz ist er am Kopfende der Treppe und versucht, in den Eingangsbereich des Rathauses zu spähen. Leere. Nur das Eingangsportal steht offen und quietscht in den Angeln. Von einem Windstoß aufgedrückt? Misstrauisch steigt er die Treppen hinab. Die Stufen ächzen unter seinen Füßen.

Sie ächzen so wie damals, als Annabell Ballas zu ihm in sein Kellerbüro herabgestiegen kam. Er hatte sich über ihren Besuch gewundert. Sie hatte ihm gleich zu verstehen gegeben, dass er keine Fragen stellen solle. Stattdessen hatte sie ihm etwas mitgebracht.

Sie konnte sich sicher sein, dass er tun würde, was sie von ihm verlangte, sobald sie den Becher mit ihrem Urin vor ihm auf den Schreibtisch gestellt hatte.

»Wenn du fleißig bist, gibt es davon noch viel mehr«, hatte sie in sein Ohr gehaucht. Er war auf der Stelle gekommen.

Vielleicht war das ihre Gabe, die sie besser verstand zu nutzen als alle anderen. Sie konnte Gruppen und Menschen lesen. Ihre Wünsche erraten. Sie manipulieren. Und sie leiten.

Fortan heftete sich Bruckmann wie ein Schattenmann an die Personen, auf die ihre Wahl fiel. Er stand hinter ihnen, wenn sie an der Kasse des Supermarktes standen. Er wachte auf der Sitzbank, wenn sie durch den Park spazierten. Er fand heraus, mit wem sie schliefen, wann und wie oft, und wie sie sich berauschten. Er stand unter ihren Fenstern, wenn sie schliefen. Er war die Nacht, die alles sieht, alles hört und alles umfasst.

Er hatte verstanden, dass Annabell Ballas ihn testen wollte. Dass es ihr nicht auf die Lakaien ankam. Die waren nur Beiwerk. Testware. Sie musste wissen, ob sie ihm vertrauen konnte. Er hat schnell verstanden, auf wen es ihr wirklich ankam.

Es ging ihr darum, genug Wissen über einen Menschen zu erlangen, um ihn zu zerstören. Es war in dieser Zeit, in der die Realität begann, aus seinen Händen zu gleiten.

Als er am Treppenabsatz ankommt, späht er umher. Niemand zu sehen. Ein Schritt ins Freie. Der Blick auf den Marktplatz, Laternenlichter wie Tupfer in einem Gemälde aus Grau- und Schwarztönen. Der Abendwind fühlt sich gut an auf seinem pochenden Gesicht.

Kurz schließt er die Augen. Reckt die Nase nach oben. Riecht den Regen, der in der Luft liegt. Es würde nicht mehr lange dauern, bis es losgeht, denkt er.

In diesem Moment trifft ihn der Schlag von hinten, streckt ihn zu Boden und setzt allem Denken ein Ende.

36
Herma

Herma Rahmenfeld riecht ihren Schweiß. Er quillt aus ihr heraus. Immer wieder hervorgepresst von den Hitzewellen, die durch ihren Körper wabern. Plötzlich waren sie weg und sie: alleingelassen. Nun fängt ihr Körper an, verrückt zu spielen wie bei einer Pubertierenden.

Die Panikattacke setzt ein. Sie kann nicht mehr schlucken, nicht mehr atmen. Blind stochern ihre Hände hinter ihrem Rücken durch die Luft, bis sie etwas Festes zu greifen bekommen. Zitternd hält sie sich an der Ladentheke fest.

Sie weiß, dass das nicht sie ist. Es sind die Umstände, die ihren Kompass verdreht haben. Umso mehr zwingt sie ihren Körper zur Ruhe. Sie erinnert sich an ihre Atemtherapie: einatmen. Ausatmen. Aufatmen. Sie wiederholt es mantra-artig.

Einatmen. Ausatmen. Auf-atmen.

Die Kontrolle kehrt zurück, der Geist gewinnt die Herrschaft über den Körper. Sie kann wieder auf ihren Verbündeten zählen, von dem sie glaubte, er habe sich schon über alle Berge davongemacht. Nun aber greifen die Rädchen wieder ineinander, die Maschine läuft und ihr Verstand arbeitet wieder auf Hochtouren in dem Versuch, all das Versäumte aufzuholen.

Kühl, wie sie es von ihm gewohnt ist, analysiert er die Lage, fährt als ein Scanner über die Situation, um sie zu erfassen und auseinanderzunehmen. So ist der Weg: Problem erkennen, Lösungen generieren, Handlungsoptionen aufzeigen.

Herma Rahmenfeld weiß jetzt schon, dass die Lage beschissen ist.

Im Laufe des Tages haben sich die Toten erhoben und dort, wo sie auftauchten, ein Schlachtfest abgehalten. Sie kramt aus ihren Erinnerungen alles hervor, was sie je über Zombies gelesen oder gehört hat.

Wer von den Zombies gebissen oder getötet wird, so hört sie das Referat ihres Verstandes, verwandelt sich selbst in einen und kann ab diesem Zeitpunkt nicht mehr als lebende und bewusst handelnde Person angesehen werden. Sie zweifeln nicht an sich. Sie sind fokussiert. Sie hinterfragen nicht das, was sie tun.

Jeder Arbeitgeber würde sie mit Kusshand einstellen, ätzt eine Stimme in Hermas Kopf. Ihnen können die Gesichter zerbissen sein oder die Gedärme aus den Bäuchen hängen, solange ihr Gehirn unversehrt ist, streunen sie herum auf der Jagd nach immer neuem Blut und immer neuem Menschenfleisch.

»Das Gehirn!", ruft Herma Rahmenfeld nun laut aus. Wie im Leben wird Verstand ungleich verteilt. Keiner der Toten, die sie eben noch in ihrem Laden angegangen waren, ist in der Lage gewesen, auch nur ein Wort zu stammeln.

Außer einer Person.

Hermas Gedanken kreisen um Annabell Ballas. Annabell Ballas. Die Keimzelle. Die Urmutter. Sie spürt, dass ihr Verstand ihr etwas verschweigt. Er weiß mehr, aber er zwingt sie, den Fokus auf das zu legen, was nun wichtig ist.

Jetzt ist nicht die Zeit, Dinge verstehen zu wollen. Jetzt geht es darum, seine Haut zu retten. Die eigene und die des einzigen Menschen, der ihren Verstand verstummen und ihr Herz sprechen lässt.

Ihre Gedanken kreisen nun einzig noch – um ihren Sohn.

37
Lorenz

Manfred Wiesels Wurstfinger packen ihn wie eine Python. Lorenz windet sich gegen diese 150 Kilogramm Totgewicht, wehrt sich und kämpft überdies mit dem Ekel, den ihn Wiesels Erscheinung verursacht. Schlimmer noch als sein Äußeres – ein aus der Bauchdecke baumelndes Stück Innereien, die aus den Höhlen quellenden Kuhaugen, die angeschwollene, herumbaumelnde Zunge – bringt ihn Wiesels Geruch nah an die Ohnmacht.

Die Edelfeder der Lokalredaktion riecht wie ein Fass abgelaufener Lebensmittel und das Maul, aus dem all diese Gerüche strömen, nähert sich immer weiter Lorenz‘ Gesicht.

Der Druck von Wiesels Pranken nimmt zu. Sie wollen: zupacken. Zudrücken. Zerstören. Vor Lorenz Augen tanzen die ersten Sterne. Er fühlt, dass seine Blase kurz davor ist, sich zu entleeren. Panisch versucht er mit seinen wild umherfuchtelnden Händen, eine Waffe zu finden, doch immer wieder greift er ins Leere. Dann – sein Blickfeld verdunkelt sich bereits – schrammt seine Hand am Schreibtisch entlang.

Er bekommt etwas zu fassen, weiß nicht, was es ist, rammt es Wiesel einfach blind zwischen die Augen. Wiesel lässt von ihm ab. Lorenz blickt auf. In Wiesels Stirn steckt ein Kerzenanzünder und lässt ihn aussehen wie ein fettsüchtiges Einhorn. Lorenz springt vor und entzündet das Feuer. Sofort schlagen Funken aus Wiesels Wunde.

Wiesel schlägt mit seinen Händen gegen die Stirn. Die Funken aber sind schneller und sie haben ihre Nahrung gefunden. Sie fressen Wiesels Haut in Sekundenschnelle. Lorenz kann das Knistern hören.

Manfred Wiesels mächtiger Körper beginnt, unkontrolliert zu zucken. Er taumelt durch das Chefbüro. Wie eine Wunderkerze schlagen die Funken zu allen Seiten aus. Sie züngeln die Lippen weg, fressen die Nase, verschlingen die Augäpfel. Lorenz riecht, wie sie Wiesels Augenbrauen und Haare versengen. Er sieht ihn taumeln, fallen, ein Hochhaus, das mit einem Mal in sich zusammenkracht und nur noch Trümmer hinterlässt.

38
Hacke-Peter

Peter Belke weiß nicht, ob er der größte Glückspilz oder ein noch größerer Pechvogel ist. Hätten sie ihn erwischt, wäre er zumindest einige Sorgen los gewesen. Nun muss er sich wieder seinen Problemen stellen. Das erste: überleben.

Belke ist ein Schatten, der über den Asphalt huscht. Immer wieder hält er inne, springt dann im nächsten Moment hastig vor. Bis er vor der Eingangstür steht.

Es hat ihn nicht sonderlich berührt, als der Ratskeller hatte dicht machen müssen. Auch wenn für ihn hier alles begonnen hat. Sie hatten damals gebechert, als gäbe es kein Morgen. An diesem Silvesterabend kam alles zusammen. Zu viel Frust. Zu viel Verzweiflung. Zu viel Alkohol. Zu viel Kraft. Zu viel dumme Ideen. Zu viel Scheißegal.

Er war zu dicht, um Schmerzen zu spüren. Er erinnert sich nur noch an das Gesicht des Notarztes, der über seine zerfetzte Hand gebeugt war, der nur mit dem Kopf geschüttelt und ihn mitleidig angesehen hatte.

Peter Belke hatte damals noch nicht ahnen können, dass diese Nacht noch einmal alles verändern würde, wie eben jene Momente sind, in denen aus Alltagsmenschen durch einen dummen Zufall Superhelden werden.

In dieser Nacht wurde der Mann geboren, der als Hacke-Peter vom abgehalfterten Frittenbudenbesitzer zur gastronomischen Sensation der Region aufsteigen sollte, der seine Konkurrenten an die Wand drücken und in den Untergang treiben würde.

Vom Diener war er zu einem Gott auf den Olymp aufgestiegen. Doch Belke hatte den Fehler vieler Götter gemacht. Er hatte sich für unverwundbar gehalten. Wie verletzlich er aber war, wie fragil sein Reich, wurde ihm deutlich, als die Lebensmittelkontrolleure mit ihrer unangekündigten Inspektion fertig waren.

Niemand weiß, dass Peter Belkes Gottesreich wie alle Großreiche in der Geschichte vor dem Untergang steht.

Nun schleicht Belke durch die Räume, in denen alles seinen Anfang genommen hatte. Tische und Stühle sind mit Folien bedeckt, die im Halbdunkel schimmern wie Gespenster. Belke orientiert sich ohne Augen. Zu gut kennt er jeden Winkel des Lokals, in denen so viele Vergangenheitsgeschichten schlummern.

Schließlich erreicht er die Tür im Hinterraum, die den Ratskeller über eine Stiege mit dem Wirtschaftstrakt des Rathauses verbindet. In der Stille klingt das Knarren der Stufen wie ein Urknall. Als er am oberen Ende angelangt ist, öffnet er vorsichtig die Tür.

Zu schnell, um auf das vorbereitet zu sein, was ihn dort erwartet.

39
Annabell

Hier also. Das ist ihr Leben gewesen. Muss es gewesen sein. Wenn die Frau in dem Laden nicht gelogen hat. Sie hatte keinen Grund dazu. Nicht bei der Angst, die sie riechen konnte. Dennoch schleicht sie um dieses Haus, als gehöre es einem Fremden.

Klinkerbau. Terrasse. Ein Garten wie ein Landschaftspark. Sie zögert. Viel mehr als Fetzen sind da nicht in ihrem Kopf. Auseinandergerissen und ohne Zusammenhang. Nichts erinnert sie daran, einst hier Zuhause gewesen zu sein.

Die Gartentür quietscht beim Öffnen. Sie tritt ein in das Grundstück, in dem sich ihr Leben abgespielt haben musste. Aber was kam dann? Der Kies knirscht unter ihren Füßen. Ein Bewegungsmelder aktiviert die Lichter eines Gartenweges, der nun ausgeleuchtet ist wie die Landebahn eines Flughafens.

Als müsse sie sich vor dem Licht fürchten, tritt sie einen Schritt zur Seite, näher in die Dunkelheit, die sich wie ein Mantel an sie schmiegt und sie umhüllt.

Dann taucht sie in den Garten ein, umrundet das Haus und erklimmt die wenigen Stufen, die vom Garten auf die Terrasse führen. Mit ihrer Hand fährt sie sich über den Nacken.

Sie spürt das gebrochene Genick. Sie ballt die Hand zur Faust, schlägt sich damit immer wieder gegen den Hinterkopf. Bamm. Bamm. Bamm. Als wolle sie so die Erinnerung zwingen, aus ihrem Versteck zu kriechen.

Annabell Ballas tritt zur Terrassentür. Dahinter nur Schemen. Auf den Scheiben spiegelt sich ihr Gesicht, das ihr fremd geworden ist, das Leichengesicht, der mit Haut überzogene Totenschädel, die Augen, die noch nicht erloschen sind, in denen die Wut flackert. Ihre Faust rast gegen die Scheibe. Einmal. Zweimal. Bis sie zersplittert.

Die Scherben reißen die Haut von ihrem Arm. Sie spürt nichts. Das Kreischen der Alarmanlage schneidet durch die Nacht. Niemand kommt. Selbst wenn, was hätte sie zu fürchten? Eine Gefahr für Leib und Leben? Sie lacht bitter auf.

Noch einmal schlägt sie gegen die Scherben, die nun wie Dornen aus dem Rahmen ragen. Mit dem Fuß tritt sie weitere Flächen heraus, bis das Loch groß genug ist, um durchzuschlüpfen. Hautfetzen bleiben wieder daran hängen, als sie sich hindurchzwängt.

Sie spürt keinen Schmerz. Sie kennt nur eine Richtung: vorwärts. Hinein in das Haus, das einst das ihre gewesen ist. Hinein in die Vergangenheit. Hinein in die Erinnerungen.

Sie lässt sich Zeit, nimmt sich jeden Raum einzeln vor. Als wolle sie den Erinnerungen Zeit geben, sich zu sammeln und zurückzukehren und ihr Antworten zu geben. Ihr Blick fällt auf die Bilder auf einer Anrichte. Die Frau, die sie einst gewesen sein muss, der Mann, der ihr Mann gewesen sein muss. Sie spürt, dass auf diesen Bildern etwas fehlt. Dass sie ihr etwas sagen wollen.

Sie schleicht weiter durch das Haus auf der Suche nach Antworten. Als sie das Schlafzimmer im Obergeschoss betritt, spürt sie den ersten Blitz hinter ihren Augen explodieren. Die Fransen ihrer Erinnerung greifen nun ineinander. Verbinden sich und fügen sich zu weiteren Erinnerungen.

Sie muss sich am Türrahmen festhalten. An der Wand abgestützt, tastet sie sich weiter durch den Raum, umkreist das Bett und torkelt direkt an das angrenzende Badezimmer. Nachdenklich bleibt sie vor der Badewanne stehen. Sie zögert. Dann steigt sie hinein.

Nun, als hätte sie das Ziel ihrer Suche erreicht, hagelt ein Kometenschauer an Erinnerungen auf sie nieder. Ihr Körper zuckt unter den Einschlägen. Aus einem Impuls heraus greifen ihre Hände zitternd nach ihrem Kleid und ziehen es nach oben.

Zwischen den Leichenflecken erkennt sie deutlich die Narben auf ihrem Bauch. Es sind keine Schönheitsmakel, es sind Furchen, die in ihr Fleisch gezogen sind.

Gezogen von einem Leben, das kein Mitleid mit ihr hatte, das nur Wut gebar, nicht aber das, wonach sie sich sehnte. Nun versteht sie, was auf den Bildern fehlt. Was ihr niemand hatte schenken können. Worum sie das Leben betrogen hat.

Es war ein Kind.

40
Herma

Miese Bastarde«, flucht Herma Rahmenfeld.

Die Scheinwerfer tauchen ihre zerfressenen Gesichter in grelles Licht. Herma tritt das Gaspedal durch und rast in ihre Mitte. Körper fliegen wie Kegel durch die Luft. Blut und Gewebe klatschen an die Frontscheibe. Als die Knochen unter den Reifen zerbrechen und dabei knacken wie morsche Äste, spürt sie, dass aus diesem Tag doch noch etwas werden könnte.

Wenn sie nur rechtzeitig bei ihrem Sohn eintreffen würde.

2,2-Liter-Vierzylinder, 122 PS – es war die teuerste, die sinnloseste Anschaffung ihres Lebens. In diesem Fall hatte ihr Verstand nichts zu melden. Sie wollte diese Bestie, seitdem sie sie zum ersten Mal erblickt hat. Dass sie dafür das geerbte Haus verkauft hatte – geschenkt.

Was sie denn mit so einem Ungetüm von Auto wolle, hatte der Verkäufer sie gefragt. Das sei doch eher ein Wagen für Jäger. Vielleicht wolle sie ja auf die Jagd gehen, hatte sie ihm lasziv geantwortet und gespürt, wie geil er auf sie wurde. Sie bemerkte die Erektion in seiner Hose. Dann ließ sie ihn wie einen Idioten stehen und brauste davon mit der Überzeugung, dass Abschaum Abschaum bleibt, egal, in was für einem Anzug er steckt.

Herma Rahmenfeld ist immer mit sich im Reinen gewesen. Nur die jüngsten Entwicklungen werfen einen Schatten auf ihren Lebenslauf. Vor allem der letzte Eintrag: Zombiefutter. An ihren Anfängen war das noch ganz weit weg. Damals musste sie sich mit ganz anderen Problemen herumschlagen.

Lange hatte sie den Avancen standgehalten. Aber schließlich hatte sich von ihrem Ausbildungsbeauftragten genauso flachlegen lassen wie die anderen Anfängerinnen. Nur im Gegensatz zu den anderen ging bei ihr etwas schief und ihre Karrierespur musste erstmal eine Umleitung einlegen.

Nie vergisst Herma Rahmenfeld den Moment, als ihr Sohn auf die Welt kam. Es war ein Kaiserschnitt. Beckenendlage. Sie war nicht traurig darüber. Natürlich lief es nicht ohne Schmerzen ab, als die Hände an ihrem Unterleib herumzerrten wie in einer Autowerkstatt. Doch selbst die hatte sie vergessen, als man ihr das kleine Bündel Mensch auf die Brust legte.

Noch immer erinnert sie sich, wie winzig ihr der Junge erschien. Lange bevor er anfing, Probleme zu machen. Sie denkt daran, wie er von einem Säugling zu einem Jungen heranwuchs und dann zu einem jungen Mann, von dem sie nie wusste, ob sie die schwierigen Zeiten hinter sich hatten oder gerade dabei waren, in die nächsten zu schlittern.

Es hatte sie nicht einmal gestört, dass er weiterhin den Namen des Vaters trug, selbst wenn dieser mehr Interesse daran zeigte, seinen Samen weiter wild umherzustreuen. Damals war für sie die Messe gelesen, was Männer anging. Weg wollte sie nur. Neu anfangen. Sich neu erfinden. Als Mensch. Und als Frau.

Sie war umso entschlossener, diesen Weg zu gehen, als ihr das Grundstück einer verstorbenen Tante angetragen wurde, an deren Namen sie sich nicht einmal erinnern konnte.

Sie nimmt ihrem Sohn seine spätere Rebellion nicht übel. Es gibt angenehmere Dinge, als in der Provinz als Sohn einer alleinerziehenden Lesbe mit Gelegenheitsbeziehungen, zwischen Eine-Welt-Laden, Yoga- und Atemkursen aufzuwachsen. Sie weiß das. Womöglich hat sie ihm deshalb mehr durchgehen lassen, als ihm gutgetan hätte.

Jetzt aber will sie einfach nur schreien. Nicht aus Angst, sondern vor Schmerz. Immer hatte sie ihrem Sohn beibringen wollen, dass es nur ein Leben gibt, kein Leben davor oder danach, sondern einfach nur Leben, und dass darüber niemand anderer zu bestimmen hat.

Jetzt weiß sie, dass sie sich geirrt hat.

Denn das Ding, das am Ende des Lichtkegels ihrer Scheinwerfer aufgetaucht ist und nun wie in Zeitlupe in ihre Richtung schlurft, erkennt sie sofort. Sie erkennt es an dem hellblauen Hemd, das sie ihm zum Geburtstag geschenkt hatte und das jetzt nur noch als verdreckter Fetzen am Körper hängt.

Eltern bilden sich immer ein, dass ihre Kinder einmal aus dem Gröbsten raus sein werden. Was für ein Trugschluss. Niemals sind sie aus dem Gröbsten raus. Weder ihre Kinder noch sie selbst. Immer wieder braucht es Entscheidungen, die schmerzen.

Sie könnte warten. Sie könnte es einfach geschehen lassen. Könnte es so geschehen lassen wie damals, als der Junge gezeugt worden ist. Ohne Mucks. Ohne Aufhebens. Einfach warten, bis es vorbei ist, und mit den Konsequenzen leben.

Als sie ihre Entscheidung getroffen hat, schießen Herma Rahmenfeld die Tränen in die Augen. Sie füllen sich wie ein Staudamm, als sie die Muskeln anspannt.

Und der Staudamm zerbricht, als sie das Gaspedal durchtritt und auf ihren Sohn zurast.

41
Hacke-Peter

Ein Lichtfetzen zuckt durch die Luft und blendet ihn für einen Sekundenbruchteil. Es reicht diese eine Sekunde, um ihn voll zu erwischen. Der Schlag trifft ihn direkt gegen die Stirn. Seine Hand kann noch den Türrahmen fassen, dann sackt er am oberen Ende der Treppe zusammen und ringt japsend nach Luft.

Er ist ein Körper im freien Fall, rauscht wie ein Fahrstuhl in die Tiefe. Sein Schädel knallt auf das Parkett. Das Blut rauscht in seinen Ohren. Dann fühlt er in sich und um sich nur noch Dunkelheit.

Er wundert sich, wie gut sie sich anfühlt. Warm und weich und ohne Schmerzen. Er treibt in einem Kokon, der alle Reize von ihm fernhält. Es gibt kein Davor und Danach, es gibt nur dieses wohlige Jetzt. Er schwimmt in der Schwerelosigkeit, träumt, schwebt weit über den Dingen, die ihm nichts anhaben können.

Dann funkeln Lichter durch die Membran. Es wird greller, wärmer, der Kokon reißt unmerklich ein, dann öffnet der Riss sich weiter wie von OP-Bestecken auseinandergerissene Haut. Die Hitze wird nun unerträglich. Belke strampelt, zappelt, in seiner Fantasie verbrennen seine Glieder und fallen von ihm ab. Er sieht am Ende seiner Gliedmaßen nur schwarz verbrannte Stümpfe.

Schweiß quillt aus seinen Poren und überzieht seine Haut. Das Licht wird gleißender. Es fühlt sich an wie Explosionen auf der Netzhaut. Als er den Schmerz nicht mehr erträgt, holt ihn sein Verstand ruckartig in die Wirklichkeit zurück.

Belke blinzelt schwach, Blut fließt von der Stirn in seine Augen und verschwimmt seine Sicht. Als er den Mund öffnen möchte, fühlt es sich an, als hätte er Wüstensand gefressen.

»Ich bin lebendig …«, stammelt er. Seine Zunge fühlt sich schwer an. Seine Sprache ist verwaschen. Statt Worten klingt es wie ein Grunzen.

Der Lichtstrahl schwenkt über sein Gesicht. Jedes Mal, wenn er seine Augen streift, durchzuckt ihn ein Schmerz. Schützend hält er den Arm vor die Augen und er weiß nicht, ob er dies tut, um einen Schlag abzuwehren oder um nicht mehr in das Licht der Taschenlampe blicken zu müssen. Schmerzen erwartet er von beidem.

»Steh auf, wenn du kannst«, hört er stattdessen eine raue, aggressive Stimme.

Dann spürt er, wie eine Hand ihn an der Schulter packt.

»Komm schon!«, fordert die Stimme ihn auf.

Noch immer findet er nicht die Kraft, die Augen zu öffnen. Als er mit einem Ruck nach oben gezogen wird, dreht es zwischen seinen Ohren wie ein Jahrmarktkarussell. Kurzzeitig ist er nicht sicher, ob sein Kopf nicht tatsächlich so gespalten ist, wie er sich anfühlt.

Vorsichtig öffnet er die Augen. Auf den ersten Blick ist ihm, als würde er unter Wasser tauchen, Formen und Konturen verschwimmen. Der Schwindel packt ihn. Er schwankt und muss die Augen schließen, um die Kontrolle über seinen Körper wiederzuerlangen.

Als er glaubt, wieder fest auf den Füßen zu stehen, öffnet er sie erneut. Konturen bilden sich vor seinen Augen heraus, die Umrisse eines Gesichts.

Und die Mündung einer Pistole, die nun direkt gegen seine Stirn drückt.

42
Herma

Vor lauter Weinen bekommt sie keine Luft. Sie verfällt in Schnappatmung. Die Schluchzer fühlen sich an wie Ersticken. Ihr Verstand hat kapituliert. Er versucht gar nicht erst, die Lage zu analysieren. Er hat seine Tätigkeit eingestellt. Systemausfall. Totalzusammenbruch. Vornübergebeugt hängt sie aus dem Wagen. Sie würgt, kämpft um Luft.

Vorne auf der Motorhaube klebt das, was von diesem Ding übriggeblieben ist. Zitternd kramt sie eine Zigarette aus der Tasche. Erst im fünften Anlauf bringt sie die Flamme unter Kontrolle. Gierig saugt sie den Rauch ein.

Er schlägt direkt auf ihren Magen und setzt den nächsten Würgereiz in Gang. Nach einem Zug landet die Zigarette vor ihren Füßen. Vorsichtig hebt sie den Blick und zwingt sich, auf die Überreste vorne auf der Motorhaube zu schauen.

Hat sie es gleich beim Aufprall bemerkt oder erst kurz danach? In diesen Millisekunden, in denen ihr Herz in tausende Stücke zersprungen war, als das Ding direkt vor ihr auftauchte, als das Blech des Wagens den Körper erfasste, hatte sie erkannt, dass es nicht ihr Sohn war. Die Statur und die Kleidung hatten sie getäuscht.

Nun setzen sich die Teile ihres Herzens Stück für Stück wieder zusammen, geklebt von der Hoffnung, dass sie ihr Kind doch noch lebend wiedersehen wird – lebend als Mensch und nicht als wandelnde Leiche.

Jetzt aber muss sie sich besinnen. Sie zwingt sich, ihren Verstand wieder einzuschalten, die Handlungskette weiterzuspinnen und die nächsten Schritte zu planen.

Hektisch kramt sie im Inneren des Wagens umher. Dann hält sie das Handy in den Händen wie einen heiligen Gral. Sie will es einschalten. Es bleibt tot.

Verdammt.

Sie kramt weiter, findet das Ladekabel, schließt es an, das Display erwacht. Genau wie ihr Herz, das nun wieder heftig anfängt zu pochen, als sie die Nachricht sieht, die er ihr geschrieben hat.

Nun immerhin muss sie nicht mehr blind durch die Stadt irren. Nun weiß sie, wo sie ihn finden kann. Wenn ich nicht zu spät komme. Dann legt sie den Gang ein, setzt zurück. Die Überreste des Zombies rutschen von der Motorhaube und hinterlassen klebrige Schlieren. Angewidert verzieht Herma das Gesicht.

Vor allem aber wundert sie sich über den ... Geruch. Aus dem Wundern wird schnell Schrecken, als sie begreift, dass der Geruch nicht von draußen kommt. Dass er in ihrem Auto steckt.

Genauso wie die Person, die zu ihm gehört.

43
Ballas

Belkes Gesichts sieht aus wie ein Totalschaden. Viktor Ballas sieht, wie er sich über die Stirn tastet, ungläubig die Hand mit dem Blut daran vors Gesicht hält. »Mein Kopf fühlt sich an, als würde eine Axt drinstecken", jammert er. Ballas misst ihn mit einem abschätzigen Blick. Belke bemerkt es nicht. »Scheiße«, nölt er stattdessen weiter. »Dass in diesem Provinznest lauter Untote leben, habe ich ja schon mitbekommen, aber ... wie kann DAS möglich sein?«

Viktor Ballas bringt ihn mit einer Handbewegung zum Schweigen.

»Das da draußen ist jedenfalls alles andere als die Volkssolidarität«, knurrt er ihn an und schließt den Griff fester um seine Pistole. Sicher ist sicher. Seine Stimme ist heiser, als hätte er Teer zum Frühstück gegessen.

Ballas' Gehirn läuft auf der höchsten Stufe. Wie eine Laborratte hetzen seine Gedanken umher, finden aber keinen Ausweg aus diesem Labyrinth, stoßen immer wieder an eine Mauer, setzen zurück, starten erneut. Sein Blick ist starr nach vorn gerichtet. Nur sein Schnurrbart zittert unter dem Zucken seiner Oberlippe und verrät seine Nervosität.

Viktor Ballas hört tief in sich hinein. Will die Stimme des Zweifels zum Schweigen bringen und stattdessen die andere hören, die Stimme, die ihn nicht klein gemacht und gedemütigt hat, sondern ihm immer den Weg gewiesen, die ihm sagte, wie er das bekommen kann, was er will.

Schon bei der ersten Wahl hat er sie gehört, damals, als man ihm kaum Chancen eingeräumt hatte, ihm, dem Anfänger. Und dann? Hat er sie alle weggefegt, hat das Rathaus im Sturm erobert und es in den kommenden Jahren zu einer Bastion ausgebaut, zu der nur die Getreuen Zutritt hatten und an deren Mauern die Knochen all jener zerschellten, die sich einmal Gegner nannten.

Wie lange ist das alles her? Nun scheint ihm all das wie ein anderes Leben, das lange sein Vertrauter und Verbündeter war und ihn nun im Stich gelassen hat.

»Was machen wir jetzt, Chef?«, sticht die Stimme von Peter Belke in seine Gedanken.

»Halt die Schnauze«, fährt er ihn an.

»Ich muss aber pinkeln!«, drängelt Belke.

»Soll ich dir den Pimmel halten?«, ätzt Ballas.

»Wir stecken hier immerhin gemeinsam drin!«

So frech hätte früher nie jemand mit dem Bürgermeister reden dürfen. Ballas spürt, dass ihm die Kontrolle entgleitet. Es kocht in ihm und er weiß nicht, wann die Suppe über den Kessel schwappt.

Sein Hemd ist nur noch ein nasser Lappen, der an seinem Oberkörper klebt. Von seinem eigenen Körpergeruch wird ihm beinahe schwindlig. Was ihn aber vor allem um den Verstand bringt, ist das Gefühl, nicht mehr die Macht über das Geschehen zu haben.

Wenn Viktor Ballas etwas nicht ertragen kann, dann ist es das.

Von draußen dringt ein Raunen durch die Fenster. Es zieht ihm die Gänsehaut über den Rücken. Er tritt zum Fenster, fixiert die Dunkelheit. Wie ein Radar schweifen seine Augen umher. Seine Kiefermuskeln spannen sich an.

Dann sieht er die Schatten. Aus dem Halbdunkel schälen sich mit jeder Sekunde mehr Konturen. Eine alptraumhafte Prozession aus zwanzig, dreißig, vierzig wandelnden Leichen schleicht heran.

Wütend wendet er sich vom Fenster ab und dem Stuhl zu, auf

dem Valentin Bruckmann gefesselt sitzt. Das Gesicht und der Schädel sehen aus wie ein Fast-Food-Gemetzel. Der Kopf hängt schlapp nach unten.

Bruckmanns Hemd ist mit Blutspritzern gesprenkelt. Wie ein Tischdeckenmuster, das als Unterlage für eine Schlachtbank diente. Dann verpasst Ballas ihm vier Ohrfeigen im schnellen Wechsel. Klatsch. Klatsch. Klatsch. Klatsch. Aus Bruckmanns Mund dringt ein Stöhnen.

Schwach hebt er den Kopf. Sein Gesicht ist von Blut und Beulen übersät. Aus zugeschwollenen Augen blickt er auf den Bürgermeister.

»Geh schon pinkeln, aber pass auf, verstanden? Und schau nach, dass dir niemand hierher gefolgt ist!«, befiehlt er Belke.

Er hat es noch einmal geschafft diesen Ton zu treffen, der keine Widerrede duldet. Dann wendet er sich wieder Bruckmann zu.

»Und ich kümmere mich derweil um dieses Stück Scheiße hier, das glaubt, uns erpressen zu können.«

44
Herma

Herma blickt Annabell an. Ihr Verfall hat sich fortgesetzt. Ihre Haut ist von grünbräunlichen Flecken übersät. Zusammen mit dem Geruch, den Annabell ausströmt, erinnert sie Herma an dieses algige Etwas, das sich im Sommer an den Ufern der Naturbäder sammelt.

Annabell fängt ihren Blick auf. »Ich habe mein ganzes Leben durchgestanden, das werde ich auch noch überleben«, sagt sie verächtlich und winkt ab.

In diesem Moment kippt der Dominostein in Hermas Kopf und setzt die Gedankenkette in Gang. Damals, als sie den Hut in ihrem Laden gekauft hatte, war ihr Annabells Geruch aufgefallen. Unpassend für diese Frau, die in ihren Kleidern, ihrem Schmuck, ihrem Duft, ihrem Auftreten keinen Zweifel daran ließ, dass sie auf höheren Ebenen wandelt.

Und doch klebte dieser Geruch an ihr, versteckt unter Schwaden teuren Parfums, aber dennoch nicht zu überriechen. Alte-Menschen-Geruch. Irgendwie abgestanden. Irgendwie säuerlich. Irgendwie so, als stünde der Tod an der Tür und klopfe, ein Paketbote, der zur Unzeit gekommen ist. Und der bald wiederkommen wird, um seinen Auftrag zu erfüllen.

Herma hatte es bald vergessen. Nun versucht sie, die fallenden Dominosteine in eine Ordnung zu bringen, doch Annabells Worte zwingen sie zum Zuhören.

»Ich bin in meinem Haus gewesen ...«, beginnt sie und starrt aus dem Fenster.

Herma sagt nichts. Sie weiß, es ist klüger, jetzt zu schweigen. Stattdessen hört sie Annabell zu. Sie lauscht, wie diese tote Frau ihre Gefühle vor ihr offenbart. Kein einziges Mal blickt sie Herma an. Sie blickt nur nach draußen in die Dunkelheit, als würden dort die Bilder ihres Lebens noch einmal aufschimmern.

Hermas Augen füllen sich mit Tränen, als sie ihr von ihren Fehlgeburten berichtet. Der Kloß in ihrem Hals schwillt zu Tennisballgröße an und nimmt ihr die Luft.

Nachdenklich betrachtet sie Annabells Hände. In einem ersten Impuls will Herma sie berühren, will sie in den Armen halten. Mehr als ein Zucken ihrer Finger bringt sie nicht zustande.

Annabell reicht dieses Zucken aus. Erstmals wendet sie den Kopf von der Scheibe ab und Herma zu. »Ich nehme es dir nicht übel.«

Sie müht sich ein Lächeln ab, das ihre Kieferknochen offenlegt. Wie Porzellan scheinen sie durch ihre klaffende Gesichtshaut. Herma will den Mund öffnen, etwas sagen. Annabell kommt ihr zuvor. »Was ich jetzt tun werde, willst du fragen?«

Herma nickt.

»Ich will wissen, warum ich sterben musste. Ich will Antworten haben - und du hilfst mir, sie zu bekommen.«

Sie blickt auf Herma. Wieder ein Nicken. Dann schließt sie die Augen. »Fahr los", sagt sie noch. Dann sagt sie nichts mehr. Dann denkt sie nur noch. Und sie denkt: Dein Schmerz ist niemandem von Nutzen, dein Schmerz wird nichts ändern und nichts ausrichten.

Nein, dein Schmerz nicht.

Aber dein Hass schon.

45
Lorenz

Lorenz blickt auf das, was von Manfred Wiesel übriggeblieben ist. Er fuhlt sich, als wäre er in einen Zweikampf mit einem Lastwagen geraten. Er zieht sich am Schreibtisch nach oben und torkelt über Wiesels Überreste hinweg.

Dann verlässt er das Chefbüro, schaltet das Licht aus und schließt die Tür hinter sich in dem naiven Glauben, so auch den Wahnsinn einzuschließen, der sich über den Ort ergossen hat. Während er unschlüssig in der Dunkelheit zwischen den anderen Zimmern hin- und her irrt, kramt er eine Zigarette aus seiner Tasche.

Seine Hände zittern beim Anzünden. Er saugt den Rauch ein. Selten hat es sich so gut angefühlt. Er nimmt einen tiefen Zug. Bläst den Rauch aus. Noch einen Zug. Hört um sich. Stille.

Jetzt, plötzlich, überkommt es ihn. All sein Hochmut pulverisiert sich. Er weiß, da draußen wartet eine Höllenarmee, ein einziger furchteinflößender Körper ohne Gesicht, dem es egal ist, ob es ihn gibt oder nicht, dem seine Wünsche und Ängste gleichgültig sind. Hier. In diesem toten Winkel des Lebens.

Wie alle seine Bewerbungen, die in irgendwelchen Ablagen in toten Winkeln herumgammeln. Hoffnungen über Hoffnungen, die untereinander begraben sind. Nun wird er sich bewusst, dass sein Weg, den er bis zur Selbstverleugnung gegangen ist, hier sein Ende finden wird.

Die Erkenntnis schlägt ihm mit voller Wucht in die Magengrube. Die Zeit zum Träumen ist vorbei. Vorbei der Glaube, dass es immer die anderen trifft. Dass seine Zeit noch kommen werde. Nichts wird mehr kommen. Nur sein Ende steht ihm noch bevor.

Von seinem Magen steigt ein Schmerz auf, der wie ein Widerhaken an seinen Gedärmen zerrt. Er spürt, dass er nicht mehr lange durchhalten kann. Dass sein Nervengerüst kurz davor ist, in sich zusammen zu krachen. Gerade in diesem Augenblick erinnert er sich an die Methode, die ihm seine Mutter beigebracht hatte.

Er hat sie oft für ihren Esoterik-Hokuspokus ausgelacht. Nun würde sie über ihn lachen, wenn sie ihn sähe. Wie er stumm in Gedanken zu sich spricht: Einatmen. Ausatmen. Aufatmen.

Er wiederholt die Übung mehrere Male, bis seine flatternden Nerven wieder an die Kette gelegt sind. Die Ruhe kehrt in seinen Körper zurück. Seine Sinne schärfen sich.

Er hört die Schritte bereits von weitem. Sie kommen aus dem Treppenhaus. Instinktiv presst er sich gegen die Wand. Er verschwimmt mit der Dunkelheit. Er rührt sich nicht und gibt keinen Ton von sich, als die Redaktionstür geöffnet wird.

Die Schritte kommen näher und sie sind hastig. Wie jemand auf der Flucht.

Oder auf der Jagd.

46
Safranski

Selbst einem Menschen wie Kurt Safranski, der es gewohnt ist, mit der Realität umzugehen – und sie vor allem zu ertragen –, fällt es schwer zu begreifen, wo sie hier hineingeraten sind.

Die letzte Nacht seines Lebens hatte er sich definitiv anders vorgestellt.

Er spürt die Müdigkeit in seinen Körper zurückkehren und vor allem: die Resignation. Das Wissen, dass nichts, was er jetzt tut, es rückgängig machen würde.

Er nähert sich einem Fenster und knöpft sich die Hemdsärmel auf. Im Schein einer Straßenlaterne betrachtet er seine Unterarme. Ekzeme ziehen sich darüber, als wären sie in Säure gebadet. Es würde nicht mehr lange dauern, bis es beginnt.

Bis die Verwandlung einsetzt.

Er verdammt diesen einen Moment der Unachtsamkeit. Hätten sie ihn doch gleich in Stücke gerissen, doch noch war sein Überlebensinstinkt stärker. Erst hörte er unter seinen Händen ihre morschen Knochen brechen und dann war er gerannt, bis ihm die Lungen brannten. Schließlich hatte er das Licht in den Räumen der Lokalzeitung gesehen – vor allem: wie es jemand ausgeschaltet hat.

Man kann ihm viel erzählen. Nach allem, was er in den vergangenen Stunden erlebt hat, kann man ihm sogar verdammt viel erzählen. Nicht aber, dass eines dieser Dinger aus Empfindlichkeit eigenhändig das Licht eines Büros ausschaltet.

Jemand muss hier sein. Jemand Normales.

»Hallo, ist jemand da?«, fragt er in die Dunkelheit.

Keine Antwort. Er spürt keine Angst mehr. Er weiß: Die Gefahr, gegen die er sich nicht wehren kann, kommt von innen. Er spürt, wie sich die Seuche in seinem Körper festgesetzt hat und nun wuchert, und sich von seinem Körper nährt wie ein Krebsgeschwür.

»Herr Safranski?«

Abrupt dreht sich der Polizist zu Lorenz Hardmann um. »Meine Güte, wollen Sie mich mit einem Herzinfarkt erledigen?«

»Nein, entschuldigen Sie, natürlich nicht. Ich war mir nicht sicher, ob ... Ist mit Ihnen alles in Ordnung?«

Safranski will ihn beruhigen. Die Situation rational angehen. Nicht von Gefühlen und Impulsen leiten lassen. Alles, was ihm irgendwann irgendwer einmal beigebracht hat. Was später er irgendwann irgendwem einmal weitergegeben hat. Nur: Er kann es nicht. Lorenz kann regelrecht beobachten, wie die Spannung aus seinem Körper weicht.

»Nein«, seufzt er. »Leider ist bei mir nicht alles in Ordnung – und Sie sollten gehen, solange ich noch so nett mit Ihnen plaudern kann.«

47
Bruckmann

Du solltest reden!«

Ballas fauliger Atem schlägt Bruckmann ins Gesicht. Der dreht den Kopf weg. Jede Bewegung schmerzt. Die Augen des Bürgermeisters schwimmen in einem fiebrigen Glanz. Schweiß steht ihm auf der Stirn. Bruckmann setzt an und spürt einen See aus Blut in seinem Mund schwimmen. Er spuckt aus. Das Blut blubbert zwischen den Lippen hervor und tränkt sein Hemd in tiefes Rot.

Peter Belke kommt in diesem Moment zur Tür herein gehastet. Ein kurzes Kopfnicken. Alles sauber. Bruckmanns Blick schweift zwischen beiden umher. Dann verzieht sich sein Mund zu einem Grinsen, das sich zu einem Lachen auswächst, ein Lachen wie Schläge, die Viktor Ballas ins Gesicht treffen. Er und Belke sehen sich irritiert an.

Bruckmanns Körper fängt unter seinem Gelächter an zu zittern. Er lacht, denn er weiß alles. Er hat alles gesehen und alles gehört. Alles davon steht in seinen Dossiers. Er weiß, dass Peter Belke vor den Trümmern seiner Existenz steht. Er weiß, dass es nur einen gibt, der ihn vor dem Zugriff der Ämter hätte schützen können. Er weiß, dass dieser eine Gegenleistung verlangte.

Ein Alibi, das ihn von allen Zweifeln freikauft.

Nicht einmal die Tür hatten sie geschlossen, als sie im Rathaus ihren Plan besprachen. Weil sie glaubten, sie seien allein. Weil sie glaubten, die Wände hätten keine Augen und Ohren. Doch Valentin Bruckmann hat dafür gesorgt, dass sie sehen und hören. Er, der Schatten, die Dunkelheit.

Er war dabei, als Annabell Ballas in die Wälder ging, abends, als es schon dämmerte und er mit den Schatten des Waldes verschmolz. Ein Schatten, der alles sieht und alles hört.

Er hatte gesehen, wie Viktor Ballas ihr folgte. Wie er sie stellte. Wie sie ihn anschaute. Wie sie ihn verhöhnte.

»Du kannst es ja doch nicht«, hatte sie geschrien und gelacht. »Nichts kannst du.«

Bruckmann hatte zugesehen aus den Schatten. Sah, wie Viktor Ballas den Kopf senkte. Wie er den Kopf hob. Wie er sich straffte. Wie er sich bückte. Wie er nach dem Stein griff. Wie er ausholte. Wie der Stein auf den Schädel krachen ließ. Wie der Schädel splitterte. Wie sie fiel. Wie sie röchelte. Wie es still wurde.

Alles steht in den Dossiers.

Valentin Bruckmanns Körper schüttelt sich unter seinem Gelächter. Ballas holt aus. Als die Hand ihn trifft, glaubt Bruckmann, sein Kopf werde von den Schultern gerissen. Die Pranke rauscht von der anderen Seite heran. Bruckmanns Schädel schleudert in die entgegengesetzte Richtung.

Ein Fladen Blut fliegt durch die Luft und klatscht auf den Schreibtisch des Bürgermeisters, direkt auf das gerahmte Bild seiner Ehefrau. Der Blutbrocken kriecht über das Gesicht, von der hohen Stirn über die vogelartige Nase über die zu zwei Strichen zusammengepressten Lippen und bleibt am unteren Ende des Rahmens hängen.

Viktor Ballas atmet tief durch. Sein Herz pumpt auf der höchsten Stufe. Schwer schnaufend blickt er auf Valentin Bruckmann hinab. Bruckmann aber sieht ihn nicht an. Nicht ihn. Er sieht an ihm vorbei.

Zur Tür.

Zu Annabell Ballas.

48
Safranski

Über ihm wölbt sich das Universum, die Unendlichkeit, und er hier, nur ein Gnom, ein Wurm, der nichts hinterlassen wird, dessen man sich erinnern müsste.

Sein Atem riecht, als hätte in seinem Körper bereits die Fäulnis begonnen und krieche nun langsam seine Speiseröhre nach oben. Er spürt, es geht los. Er fühlt nun das Zittern in seinem Körper. Er spürt, wie es in ihm aufsteigt und sich nicht mehr bändigen lässt.

Gierig versucht er noch, sich an ein Stück Lebensrest zu krallen. Doch das Zittern wird stärker. Er kann es nicht mehr kontrollieren. Seine Augen rollen in den Höhlen, drehen sich nach oben, sodass nur noch das Weiß zu sehen ist. Sein Atem schlägt in Röcheln über.

Lass es schnell vorbei sein, schießt es ihm durch den Kopf. Es ist nur ein Gedanke von so unendlich vielen, die noch einmal an ihm vorbeirasen, als säße er auf der Tribüne eines Autorennens und sähe zu, wie die Fahrzeuge eines nach dem anderen an ihm vorbeischießen.

Erinnerungen an alles Verlebte und Vergangene und Vergessene, an alle Tränen, denen er im Laufe seines Lebens begegnet ist, an alle Freuden.

Es ist lediglich eine Unart von Menschen, die noch am Leben sind, sich immer an das zu klammern, was vergangen ist – vergangene Lieben, vergangene Erfolge, ein vergangenes

Strahlen, das längst seinen Schein eingebüßt hat.

Lorenz ist das Beben seines Körpers nicht verborgen geblieben. Er will zu ihm stürzen. Safranski hebt die Hand. Verbietet ihm, näher zu kommen.

»Gehen Sie … bitte. Es beginnt.«

Kurt Safranski hat da seine Entscheidung schon getroffen. Es passiert so schnell, dass Lorenz Hardmann nicht einmal Zeit bleibt zu schreien. Denn in diesem Moment zieht Safranski seine Pistole, schiebt sie sich unter das Kinn.

Und drückt ab.

49
Annabell

Die Welt um sie herum blendet aus, wie in diesen alten Filmen: ein schwarzer Ring, der sich zuzieht und nur noch einen schmalen Kreis auf dem Bildschirm offenlässt. Der Ring verschluckt alles und jeden in diesem Raum. Im Ausschnitt zurück bleibt nur eine Person. Sie fixiert ihn. Ein Blick, der kein Entkommen gewährt und keine Gnade zulässt.

»Wieso hast du es getan?«, fragt sie hart und kalt und scharf wie ein Messer. Sie lauert auf seine Worte, als würden sie eine Explosion auslösen.

Zunächst reagiert Viktor Ballas gar nicht. Er blickt auf sie, als sähe er diese Frau zum ersten Mal. Als hätte es ein vorheriges Leben nie gegeben, nicht all die Jahre und Jahrzehnte.

Vor ihm steht diese Frau, die an ihren Gliedmaßen verfault, deren Körper von Leichenflecken übersät ist, deren Gesicht mehr einem Totenkopf ähnelt, von dem sich die Haut schält. Lange hat er diese Frau gefürchtet. Viel zu lange.

Nun spürt er keine Angst mehr.

Sie umkreist ihn wie ein Raubtier kurz vor dem Angriff. Furchtlos macht er einen Schritt auf sie zu. Sein Selbstbewusstsein irritiert sie.

»Wieso hast du es getan?«, fragt sie erneut. Ihre Stimme ist nur ein Krächzen. Er spürt die Verunsicherung darin. Überlegen blickt er sie an. Er zögert die Antwort hinaus. Er weidet sich an ihren Zweifeln. Ihre Frage hängt in der Luft wie ein gespannter Abzugshahn. Dann drückt er ab – und seine Antwort trifft sie wie ein Schuss ins Herz.

»Weil du darum gebettelt hast.«

50
Priscilla

Für Priscilla Gneisenau wird es keine Rushhour des Lebens geben. Sie wird nicht in die Welt aufbrechen und nicht das Tempo einer großen Stadt einsaugen, die immer in Bewegung ist und ihre Bewohner wie Flipperkugeln hin- und her durch das Leben stößt.

Sie wird nicht ihre Jugend hinter sich lassen und in ihre 20er eintreten mit all ihren Aufbrüchen und Exzessen und Abstürzen und Hoffnungen und Zurückweisungen.

Sie wird nicht bis in die Morgenstunden bei Wein und Zigaretten über das Leben philosophieren. Sie wird keinen Heimathafen ansteuern. Sie wird kein Nest bauen.

Sie wird sich nicht wie andere Menschen, die sich in ihre 30er gerettet haben, daran zurückerinnern können, aus einer Mischung aus Wehmut und dem Bewusstsein, es überstanden und ausgehalten zu haben.

Für Priscilla Gneisenau endet alles in dieser Bimmelbahn von Jugend, auf der sie sich immer vorkam wie ein Passagier ohne Ticket. Dann hatte sie die Frau, Annabell, heruntergerissen und in dieses andere Leben gestoßen.

Hier nun stakst sie entlang. Je länger ihr Tod in den Wäldern zurückliegt, umso zerfaserter ist ihr Gehirn. Ihr Gedächtnis mit all in ihm gespeicherten Erinnerungen zerbröselt. Das, was gewesen ist, was sie gewesen ist, verschwimmt immer mehr wie Regenschlieren auf einer Scheibe. Alles verliert seine Konturen. Sie löst sich auf.

Der Regen hat eingesetzt. Zunächst nur einige Tropfen. Kurz darauf regnet es Bindfäden. Die Stadt ersäuft in Sturzbächen. Der Regen strömt und Priscilla Gneisenau fließt durch ihn hindurch, fließt gemeinsam mit den anderen als eine Kraft durch diesen Ort, eine Walze gegen alles Lebendige, eine Revolte gegen das Leben.

Sie sind auf die Straße gespült wie Mageninhalt und wie ein Mageninhalt sind sie zerkaut, zerflossen, verdaut und nur noch ein Überbleibsel ihrer früheren Hülle. Aus der Dunkelheit geboren kriechen sie wie augenlose Würmer durch die Gassen, winden sich in Hauseingänge.

Sie lassen ihre Biografien hinter sich. Keiner weiß, wer der andere gewesen ist. Wie eine Welle schwappen sie vorwärts, ein Tsunami von lebenden Leichen, bereit, sich über alles zu ergießen und unter sich zu begraben.

51
Annabell

Sie spürt die Welt um sich herum taumeln. Die Überraschung hat sie entwaffnet und schutzlos gemacht. Viktor Ballas tritt näher an sie heran. So einfach will sie ihn nicht davonkommen lassen. Sie will den Mund öffnen, etwas sagen. Er kommt ihr zuvor.

»Glaubst du, ich weiß nicht, was du im Schilde geführt hast?«, faucht er sie an. »Es ging dir um nichts anderes, als andere Menschen zu zerstören, weil du selbst zerstört worden bist.«

Annabell Ballas fühlt einen Stich an der Stelle, an der ihr Herz sein sollte. Sie erinnert sich. In der Badewanne ihres ehemaligen Zuhauses war es, als die Erinnerungen zuerst auf sie einschlugen. Nun prasseln sie erneut auf sie wie ein Blutsturz aus dem Himmel.

»Erinnerst du dich?«, fragt er sie. »Tagein, tagaus hast du dieses Leben verdammt, es hat dich verbittert, dass wir keine Kinder haben konnten.« Seine Worte sind wie Schläge, unter denen sie sich zusammenkrümmt. Ein Wort, ein Schlag. Bamm. Bamm. Bamm. »Ich habe gespürt, dass du dieses Leben nicht mehr wolltest.«

Ballas hält inne. Sein Blick fällt auf seine Frau, dann auf das, was von Valentin Bruckmanns Gesicht übriggeblieben ist. »Aber vielleicht wolltest du mich auch einfach nur in die Falle locken«, fährt er fort, als analysiere er das Für und Wider seiner Tat.

»In deiner Bösartigkeit und Wut konntest du vielleicht die Menschen manipulieren«, redet er sich in einen Rausch. »Nur eine Sache hast du nicht bedacht: dass sich das Leben nicht manipulieren lässt, dass das Leben seinen eigenen Willen hat und sich nicht deinem beugt.« Mit diesen Worten hebt er den Arm und setzt die Pistole an ihre Stirn. »Und ich werde mich auch nicht beugen.«

Sie kann sich nicht wehren. Jedes Wort ist wie ein Hieb. Sie weiß, dass ihr Kampf vorbei ist. Aber sie weiß auch, dass sie nicht untergehen wird. Sie weiß, dass ihre Kinder da draußen sind. Sie strömen aus. Sie brauchen sie nicht mehr. Sie sind groß geworden. Deswegen versucht sie nicht einmal, ihren Mann zurückzuhalten. Sie lässt es einfach geschehen. Die Pistole drückt gegen ihre Haut. Sie hört noch einen Knall. Dann hört sie nichts mehr.

52
Lorenz

Wenn der Wahnsinn eine Brücke ist, glaubt Lorenz, sie nun unter seinen Füßen schwanken zu spüren. Kurt Safranskis tote Augen starren ihm ins Gesicht. Der Anblick brennt sich ihm in die Netzhaut und wird von dort direkt in sein Gehirn weitergereicht, um für alle Ewigkeiten abgespeichert zu werden.

Wie kurz diese Ewigkeit auch sein wird.

Er steht wie gelähmt. Alle Kraft ist aus seinen Gliedmaßen gewichen. Dann knallt es in seinem Gesicht. Eine Ohrfeige rechts. Eine Ohrfeige links. Die Nüchternheit kehrt in seinen Körper zurück.

»Mutter?«

Im selben Moment splittert etwas. Die Tür! Sie kommen. Der Mob stürmt die Lokalredaktion. Hektik. Getrampel auf der Treppe. Schreie, die durch Mark und Bein gehen. Lorenz packt Herma an der Hand und zieht sie hinter sich her. Ein Blick im Korridor rechts, links. Der Notfallkasten!

Hastig reißt sich Lorenz das Jackett vom Körper und hält es an das Glas. Ein Schlag. Noch einer. Die Hand bricht. Er spürt es nicht. Das Glas zersplittert. Lorenz greift sich die Axt. Scherben schneiden in seine Hand. Er spürt keinen Schmerz. Alle Synapsen schreien nur noch: Raus! Raus! Raus!

Seine Mutter dicht hinter ihm. DA! Eine Hand packt ihren Knöchel. Lorenz schlägt zu. Die Klinge trennt sauber am Gelenk. Angeekelt schüttelt Herma die Hand ab, die noch an ihrem Bein zappelt.

»Weiter! Weiter!«, schreit er.

Sie stürzen die Treppe herunter. Unten haben sie den Hinterhalt gelegt. Lorenz prescht hindurch. Die Axt saust durch die Luft, durchtrennt Gliedmaßen und Knochen. Herma zögert einen Augenblick zu lange. Sie wird gepackt. Weggezerrt. Bevor sie sich freistrampeln kann, hacken sich die Zähne in ihr Fleisch.

»Lauf! Lauf!«, schreit sie Lorenz noch zu, bevor ihre Schreie vom Grunzen wilder Tiere übertönt werden.

Lorenz rennt, während ihm die Tränen in die Augen schießen. Draußen das Auto. Atemlos stürzt er darauf zu, der Zündschlüssel steckt, er dreht ihn im Schloss, der Motor verreckt, nochmal, jetzt heult er auf. Er tritt das Gaspedal durch.

Wohin?

Er weiß es nicht. Nur weg. Die Häuser bekommen schärfere Konturen, an denen sich das Licht schneidet. Der Tag bäumt sich gegen die abflauende Nacht auf und taucht den Himmel in ein blutrotes Farbenspiel. Der Motor jault.

Er jagt durch die Straßen. Überfährt Ampeln. Fährt auf Mittelspur. Vorbei an Einfamilienhäusern, die zu beiden Seiten der Straße an ihm vorbeifliegen. Vorgärten. Idylle. Dann Gewerbegebiet, Lagerhallen, die letzten Baracken, dann freies Feld, unendliches, arschlochbraunes Feld. Lorenz tritt das Gaspedal durch. Die Kreuze am Streckenrand fliegen an ihm vorbei.

Seine Finger klammern sich um das Lenkrad, die gebrochene Hand blau geschwollen. Die vor Müdigkeit rot unterlaufenen Augen suchen nach einem Fixpunkt. Die Landschaft scheint ihm wie ein sich räkelnder Frauenkörper. Doch seine Augen gleiten immer wieder ab. Sein Blick findet keinen Halt.

Die Signallichter der Windräder starren ihn an wie tausend Augen aus der Hölle. Sein Gehirn zittert, als wolle es zerbersten. Die Augen zucken unkontrolliert. Stoßweise pumpt sich die Hitze durch seinen Körper.

Sein Kiefer verkrampft, Schweiß tropft von seiner Stirn in die Augen. Die Finger krampfen sich noch fester um das Lenkrad. Er muss würgen, bis ihm die Tränen in die Augen schießen.

Panisch versucht er, den Wagen zu verlangsamen, kämpft nahezu blind, versucht, ihn in der Spur zu halten. Doch er kann nicht verhindern, dass er ins Schlingern gerät. Bäume fliegen an ihm vorbei. Er versinkt in seinem Schweiß. Ein Schatten im Rückspiegel. Das Gesicht, das ihn anstarrt.

Ihn angrinst.

Hände packen Lorenz an den Schultern. In diesem Moment verliert er endgültig die Kontrolle über den Wagen. Er schließt die Augen. Hofft, dass es schnell vorbei ist. Dann ... ein Knall! Ein Bersten! Ein Schrei!

Dann wacht er auf.

53
Lorenz

Als Lorenz Hardmann erwacht, blickt ihn ein Augenpaar besorgt an.

»Er ist wieder da«, ruft Michelle, worauf sich hastige Schritte nähern.

Mühsam versucht er, den Kopf zu drehen. Er erkennt seinen Schreibtisch, seinen Arbeitscomputer, die lose herumliegenden Blätter und Notizen neben der Tastatur.

Dann sieht Lorenz die Gesichter über sich. Die Chefin ringt sich ein Lächeln ab, dahinter kann er Christian Schirmer und Priscilla Gneisenau erkennen. Der tonnenförmige Körper von Manfred Wiesel füllt den Türrahmen aus.

»Du bist bei der Kundgebung zusammengeklappt und hast ein bisschen was am Kopf abbekommen«, hört er Michelles Stimme.

Lorenz reibt sich die Augen, bis die Sterne hinter seinen Lidern tanzen. Mühsam rappelt er sich auf. Sein Kopf fühlt sich an, als wäre er eine Woche auf dem Karussell gefahren und anschließend in einen Schraubstock gespannt worden. Zaghaft setzt er die Füße auf den Boden. Ihm ist, als würde der Untergrund unter ihm schwanken.

Auf der Toilette blickt er in den Spiegel und hat den Eindruck, er wäre einmal durchgekaut und ausgespuckt worden. Er spritzt sich einen Schwall kalten Wassers ins Gesicht und spürt, wie langsam die Kräfte in seinen Körper zurückkehren. Als er fertig ist, wartet Michelle auf ihn vor der Tür.

»Komm, wir gehen ein Stück, es wird dir guttun.«

Draußen knallt die Sonne vom Himmel hinunter. Lorenz' Augen schmerzen. Michelle führt ihn traumwandlerisch durch die Gassen. Trotz ihrer Babykugel hat er Mühe, Schritt mit ihr zu halten.

»Es heißt immer, Orte wie diese stehen vor dem Aussterben, Überalterung, Abwanderung, das ganze Programm«, beginnt sie zu erzählen, ohne ihr Lauftempo zu drosseln. »Doch es können nie alle gehen. Es gibt immer Menschen, die bleiben. Es gibt sogar solche, die das freiwillig tun.«

Sie schaut ihn über die Schulter an, als erwarte sie eine Art der Zustimmung. »Man kann nicht immer davonlaufen. Es braucht einfach seine Zeit, bis man es versteht.«

Lorenz sagt nichts. Versteht auch nicht, was sie ihm sagen will. Noch immer fühlt er sich matt. Er kann nur schwer mit Michelle Schritt halten. Ohne auf ihn zu achten, prescht sie voran. Sie passieren die Trinker, die ihnen mit kuhblöden Augen nachstarren.

Michelle würdigt sie keines Blickes. Sie steigen die Anhöhe zum Bergbad hinauf. Die Sonne knallt auf sie nieder. Als sie oben ankommen, blickt sie versonnen über die Dächer der Stadt.

»Und jetzt hör einmal in dich!«, fordert sie ihn auf. »Hör auf dein Herz!«

Lorenz sieht sie irritiert an. Dann blickt er um sich. Schaut auf die Stadt, die kesselartig zwischen den Berghängen eingeschmiegt ist. Vorgärten verleihen dem Bild grüne Tupfer, die sich von den rot gedeckten Dächern abheben. Idylle, wohin das Auge blickt, ein Anblick, der jedem Heimatfreund das Herz erwärmt.

Da packt Lorenz das Entsetzen. Das Herz!

Erschrocken greift er sich an die Brust. Die Hitze, der Aufstieg – sein Herz müsste pumpen! Er fühlt es nicht. Wie ein Stein liegt es in seiner Brust. Panisch greift er mit den Fingern an seine Handgelenke.

Nichts.

Er presst sie gegen den Hals.

Keine Bewegung.

»Man gewöhnt sich daran«, lächelt Michelle ihn milde an und will seine Hand greifen. Ängstlich weicht er einen Schritt von ihr zurück.

»Was habt ihr mit mir gemacht?«, kreischt er sie an. »W-was bedeutet das?« Seine Stimme überschlägt sich.

»Du bist einer von uns geworden, du hast es nur noch nicht bemerkt«, erläutert sie ihm wie einem begriffsstutzigen Kind.

»D-das ist nicht möglich!«, protestiert er.

Er weiß nicht, wohin mit seinen Gedanken. Plötzlich überschlagen sie sich. Er muss sich sammeln. Zu viele Informationen, brüllt es hinter seiner Stirn. Dann aber schlagen die Bilder wie Blitze in seinem Kopf ein. Die Hinweise, denen er nie eine Bedeutung beigemessen hatte. In diesem Moment sieht er, was er vorher nie sehen konnte und nie sehen wollte.

Nun begreift er.

Er erinnert sich an den Geruch in der Redaktion, das Abgestandene, das Verwesende, das Fleisch, das von den Reinigungschemikalien zwar übertüncht, nie aber vollkommen verdeckt werden konnte.

Er denkt an die Menschen, die durch die Straßen schleichen, blass wie das Leben, das sie führen. Die immergleichen Geschichten in immergleichen Wiederholungen und Abwandlungen.

Er denkt daran und ihm wird übel. Der Schwindel packt ihn. Er taumelt. Die Sonne knistert, sie bricht. In Lavaströmen ergießt sie sich über ihn. Alles versinkt in gleißendem Licht. Er ist regungslos.

Leblos.

»Du solltest dich daran gewöhnen, dass hier allerlei Dinge möglich sind«, korrigiert Michelle ihn. Fassungslos blickt er sie an. Er versucht, Worte zu finden. Sie kommen nicht. Sein Mund ist staubtrocken. »Du wolltest immer weg von hier, weg von uns – doch

Menschen wie uns wird man nicht so schnell los", erklärt sie ihm. »Du hast gar nicht bemerkt, wie du selbst zu einem von uns geworden bist.«

Ihre Stimme ist sanft. Mitfühlend. Eine Stimme, uralt und wissend. Sie weiß, dass es seine Zeit braucht. Sie weiß es von all denen, die vor ihm gekommen waren und die es auch nicht haben begreifen wollen.

»Du wirst es überleben«, sagt sie schließlich mit einem Blick voller Wärme und Verständnis. »Das haben wir alle.«